AF191898

Für die Deutsche Bahn, deren Unpünktlichkeit mir die nötige Zeit
zu rauben vermochte, um dieses Buch zu schreiben

Raphael Eckardt

Der Portraitmaler Kolkrabe

Eine Kindheitserzählung

Impressum

Bibliografische Information der Deutschen Nationalbibliothek: Die Deutsche Nationalbibliothek verzeichnet diese Publikation in der Deutschen Nationalbibliografie; detaillierte bibliografische Daten sind im Internet über http://dnb.dnb.de abrufbar.

Verlag: BoD · Books on Demand GmbH, In de Tarpen 42, 22848 Norderstedt, bod@bod.de

Druck: Libri Plureos GmbH, Friedensallee 273, 22763 Hamburg

ISBN: 978-3-7693-2596-6

EINS

Meine Geschichte, die ich Ihnen gerne erzählen möchte, beginnt zu einer Zeit, in der ich gerade einmal über 130 Zentimeter groß war, einen Kopf voller Fantasie hatte, Mädchen und Mathematikunterricht doof waren und in der ich mich, angetrieben von der Magie des kindlichen Erlebens, von einem Abenteuer ins nächste stürzte. Gleichwohl ob diese Abenteuer mit Fortdauern meines Seins keineswegs mehr unter der Kategorie „Abenteuer" zu verorten waren.

Aber damals waren sie es. Und in meinen Erinnerungen sind sie es bis heute. In unserem Dorf, das durch einen Fluss in einen nördlichen und einen südlichen Teil getrennt war, was daran lag, dass der Fluss von Osten nach Westen floss und übrigens immer noch fließt, gab es eine Schule, eine Kirche, ein kleines Krankenhaus, eine Poststation, einen Bahnhof mit immerhin zwei Bahnsteigen, einen Fahrradladen, einen etwa einhundertundzehn Jahre alten Kastanienbaum, der vielleicht auch einhundertundneun oder einhundertundelf Jahre alt war, so genau wusste das niemand, und eine Brücke. Die Brücke war ein nicht zu vergessener, ganz wesentlicher Bestandteil unseres Dorfes, denn hätte es die Brücke nicht gegeben, wären der nördliche Teil und der südliche Teil unseres Dorfes vermutlich vor langer Zeit als zwei verschiedene Dörfer deklariert worden; und weil dem so war, besaß die Brücke ein gediegenes Alter von gut und gerne mehreren hundert Jahren – so genau wusste ich das nicht – und besaß kunstvolle, in den Stein geschliffene Schnörkelverzierungen an beiden Geländerseiten, die sie zu einem für Regionaltouristen nicht uninteressanten Objekt der Kunstgeschichte machten. Am südlichen Geländerende, denn wir wohnten im südlichen Teil des Dorfes, verzierten zwei Adler die abfallende Griffstange, deren Schnäbel etwas überdimensioniert aufeinander zu standen und deren Flügel beinahe bedrohlich auf den Bürgersteig ragten, der eng an der Uferlinie des Flusses und damit auch der Brücke vorbeiführte. Für die Touristen waren diese Adler so etwas wie der kulturgeschichtliche Höhepunkt ihrer Brückenbesichtigung, weil sie dem Dorf irgendein König Fröhlich, der Irgendwaste, vor etlichen Jahrhunderten einmal geschenkt hatte - für uns Kinder hingegen waren sie völlig unsägliche, undurchdachte, böswillige, vom aerodynamischen Unverständnis der Erwachsenen geschaffene scharfkantige Metallpfeiler, an denen man sich mindestens dreimal pro Jahr die Oberarme aufschlitzte, wenn man mit dem Fahrrad die Ideallinie des kurvigen Bürgersteiges nahm und sich dabei um ein paar Millimeter beim Vorbeirasen an der Brücke verschätzt hatte. Das tat nicht nur weh, sondern brachte im schlimmsten Falle auch Kratzspuren an den Fahrradlenkerenden mit sich, die bei einigen von uns – unter anderem auch mir – mit beschichteten Metallgriffhörnern verziert waren. Das Fahrrad, das ich zu jener Zeit besaß, war in den Farben neongelb und blau gehalten und der Rahmen trug die Signatur des berühmten italienischen Industriedesigners Pininfarina. Die Front zierte ein Nummernbrett, auf dessen Vorderseite in ebenjenem Neongelb die Zahl Sechsundvierzig geschrieben stand. Die Zahl Sechsundvierzig war hierbei allerdings mehr als nur eine Zahl, die Zahl Sechsundvierzig hatte sich in jüngster Vergangenheit zum Nonplusultra des Zweiradsports emanzipiert. Die Zahl Sechsundvierzig zierte das Motorrad – und noch viel wichtiger – war die Startnummer des italienischen Motorrad-rennfahrers Valentino Rossi.

Wie die meisten anderen Kinder im Dorf, war auch ich da-mals glühender Fan von Valentino Rossi und so war es wenig verwunderlich, dass ich grundsätzlich auf allen Rad-, Geh- und Feldwegen des Dorfes immer und überall auf der absoluten Ideallinie unterwegs war. Schließlich bestand mein Le-benstraum darin, im Fußball den Okocha-Trick fehlerfrei zu be-herrschen, das Baumhaus im Garten meiner Eltern mit einer Geheimtüre und einem Kaminofen auszustatten und – dieser Lebenstraum stand über allen anderen – ein so erfolgreicher Motorradrennfahrer wie Valentino Rossi zu werden. Ich sparte bereits in jungen Jahren fleißig mein Taschengeld für eine Schwalbe von Simson, deren Anschaffung ich mit Eintreffen meines sechzehnten Geburtstags in sechs Jahren akribisch ge-plant hatte und beschloss, zur optimalen Vorbereitung auf die-ses, meine Zukunft wie kein zweites bestimmendes Großereig-nis, bereits mit dem Fahrrad das optimale Kurvenschneiden und Ideallinienfahren zu trainieren. So geschah es, dass ich ei-nes Herbsttages einige Jahre später einmal, mit etwa zwölf oder dreizehn Jahren, die vorherrschenden Witterungsbedingungen am südlichen Brückenende nur minimal falsch eingeschätzt hatte, ins Driften geriet, dabei den Lenker meines Fahrrades verriss und schnurstracks über den Teer in Richtung einhun-dertundzehn Jahre altem Kastanienbaum purzelte. Das Prob-lem an diesem Tag war, dass der Kastanienbaum einhundert-undzehn Jahre und nicht etwa erst fünfundsechzig Jahre alt war. Denn wäre der Baum nur fünfundsechzig Jahre alt gewe-sen, ich war mir sicher, ich hätte seinen Stamm um einige Zen-timeter verfehlt. Weil aber mit jedem Jahr, das der verfluchte Kastanienbaum in seinem völlig überschätzten Dasein gealtert war, auch dessen Baumstamm um exakt einen Jahresring wuchs, erstreckte sich dieser mittlerweile mit einem beachtlichen Durchmesser über den rechten Bürgersteigrand in den Bürgersteig hinein, sodass es in keinem Fall zu vermeiden gewesen wäre, dass ich in dessen massiven Stamm mit meinem Schädel frontal und mit voller Wucht einschlug. Mein Fahrradhelm zerbrach, den Stamm des Kastanienbaums ziert seit diesem Tag etwa fünfzig Zentimeter über dem Boden der ovale Abdruck meines Kopfes und die G-Kräfte, mit denen Rennfahrer seit jeher zu kämpfen hatten, entluden sich auf brutalste Weise in meinem Gehirn. Die Folgen waren eine Gehirnerschütterung, eine Woche Bettruhe, mein frühzeitiges Karriereende als Motorradrennfahrer und der nahezu vollständige Verlust meiner Konzentrationsfähigkeit.

Es war wie verhext. Immer, wenn ich seither versuchte, mich auf eine Sache zu konzentrieren, ein Buch zu lesen, ein Fußballspiel zu sehen oder irgendwem irgendetwas zu erzählen, verlor ich mich – nein – verzettelte ich mich in Details. Ich verzettelte mich im wahrsten Sinne des Wortes. Über die Jahre hinweg hatte ich eine beachtliche Sammlung an Zetteln angelegt. Erinnerungszettel, Notizzettel, Einkaufszettel … es gab die verschiedensten Arten von Zetteln, aber eines hatten alle Zettel gemeinsam. Sie besaßen keine Ordnung. Man konnte sie nicht sonderlich gut sortieren, man konnte sie schlecht abheften, wenn sie nicht dasselbe Format besaßen – und das taten die Zettel, die ich über die Jahre angehäuft hatte, nur äußerst ungerne und selten. Die Zettel waren das Abbild meines unter dem Kastanienbaumaufprall immer noch leidenden Gedächtnisses. Meines Konzentrationsverlustes. Sie waren das blanke Chaos. Wenn ich nach einem Zettel suchte, fand ich garantiert einen Zettel, den ich bereits drei Wochen zuvor gesucht hatte, aber nicht den, den ich eigentlich suchte. Den fand ich dann drei Wochen später, wenn ich wiederum etwas ganz anderes suchte. So ging das von Mal zu Mal. Und die Misere wurde immer schlimmer. Während ich vor einigen Jahren einen zwei Wochen alten Zettel fand, als ich einen bestimmten Zettel suchte, waren es in der Zwischenzeit durchschnittlich drei Wochen geworden. Das wiederum lag an den stochastischen Gesetzen von Pierre-Simon Laplace, die besagten, dass die Menge an Möglichkeiten dafür ausschlaggebend war, mit welcher Wahrscheinlichkeit x man eine bestimmte Möglichkeit y bei einmaligem zufälligem Ziehen aus der Menge z traf. Dieser Laplace war über die Jahre hinweg zum Erzfeind meiner Existenz geworden und ich war mir sicher, brächte mich nicht eine schwere Krankheit irgendwann um, es wäre wohl Herr Laplace, dessen Gesetze mich zu Tode verzetteln ließen. Aber, was erzähle ich denn da! Ich verzettle mich ja schon wieder…

Meine Geschichte also, die ich Ihnen gerne erzählen möchte, beginnt zu einer Zeit, in der ich gerade einmal über 130 Zentimeter groß war, einen Kopf voller Fantasie hatte, Mädchen und Mathematikunterricht doof waren und in der ich mich, angetrieben von der Magie des kindlichen Erlebens, von einem Abenteuer ins nächste stürzte. Meine Geschichte beginnt kurz vor meinem zehnten Geburtstag. Nun, eigentlich beginnt nicht meine Geschichte zu dieser Zeit, sondern vielmehr die Geschichte, die erklärt, warum es uns als Kindern des südlichen Dorfteils allerstrengstens verboten war, die Brücke, an deren Kante ich meine Konzentrationsfähigkeit verloren hatte, ohne Begleitschutz von mindestens einer erwachsenen Person zu überqueren. Egal ob das zu Fuß war, mit dem Tretroller oder mit dem Fahrrad. Die Eltern verboten es uns. Egal, ob das die Eltern vom Huber Simon waren, deren Erziehungsmethoden im ganzen Dorf als außerordentlich streng und beinahe züchtigend verschrien waren oder ob es die Mutter von Annabelle Irmaier war, die ihre Tochter an Sommertagen auch mit

Minirock und Dreadlocks in die Schule gehen ließ. Dreadlocks! Wie Ruud Gullit sie einst der Welt präsentiert hatte. Aber es war egal, wie auch immer die Eltern ihre Kinder erzogen, wie auch immer die Kinder hießen und von wo auch immer die Kinder und ihre Eltern kamen. Nicht ein erwachsener Mensch erlaubte es uns, ohne Begleitschutz über die Brücke zu gehen. Schuld an diesem Fiasko, das in früheren Tagen auch meine Vorbereitung auf meine Karriere als Motorradrennfahrer schwer und nachhaltig beeinflusst hatte, war nach Überzeugung aller im Dorf damals aber keineswegs eine unsinnige, übervorsichtige und uns schwer schikanierende Erziehungsmethode, die auf dem Unverständnis für die kindliche Phantasie und den daraus resultierenden Entdeckungsdrang basierte, sondern nichts weiter als ein alter Greis, über den man sich die wüstesten Geschichten erzählte, der dort oben auf der Brücke hockte und tagtäglich seiner Arbeit nachging. Der Portraitmaler, Herr Kolkrabe.

Dabei wussten die meisten Leute im Dorf nichts über Herrn Kolkrabe. Nicht einmal, ob er vielleicht auf den Vornamen Bernd oder Martin hörte. Nicht, wo er herkam, nicht was ihn antrieb, nicht, ob er verheiratet war. Die Leute wussten es nicht. Man munkelte, Herr Kolkrabe sei vielleicht ein „Schwuler", „einer, der auf Männer stehe". Man munkelte, Herr Kolkrabe habe eine Frau zuhause, die die Öffentlichkeit scheute und unter chronischer Angst vor dem Zusammentreffen mit anderen Menschen litt und daher stets hinter verschlossenen Fenstern in der Wohnung blieb. Und – man munkelte, Herr Kolkrabe sei ein Halunke, ein gefährlicher Trunkenbold, der auch vor Kindern nicht Halt zu machen wusste.

Es war wie verhext. Gerüchte machten die Runde, Gerüchte kamen und gingen, aber je wahnsinniger, blödsinniger und unberechtigter ein Gerücht war, desto mehr Leute glaubten es oder wollten es glauben und desto länger wurde die Runde, die es durch das Dorf drehte, bis es mit viel Glück irgendwann über die Dächer und den Kirchturm hinweg gen Himmel davonflog. Deshalb hatte man uns Kindern mit der Zeit also verboten, alleine die Brücke zu überqueren, deswegen hatte der senegalesische Kioskbesitzer Salidou bereits vor Jahren aufgrund seiner Hautfarbe das Dorf verlassen müssen und es gab nicht ein Geschäft mehr in Fuß- oder Radnähe, in dem man die Sammelbilder seiner Fußballidole kaufen konnte, und deshalb kann ich hier überhaupt die Geschichte über den alten Sonderling mit dem Vogelnamen erzählen, die eigentlich gar keine Geschichte ist, sondern auf nicht mehr als einer Hand voll subjektiver Beobachtungen beruht; auf einer Hand voll Begegnungen, die Herr Kolkrabe und ich über die Jahre hinweg geteilt hatten, die aber dennoch so schicksalhaft für sein und für mein Leben waren, dass ich sie unbedingt hier erzählen muss.

Herr Kolkrabe, und das war vielleicht über all die Jahre des dörflichen Tratschens zu seiner instinktiven Überlebensstrategie geworden, bekam von all dem nichts mit. Nichts von den Menschen, die hinter seinem Rücken über ihn herzogen und ihn als Ungeheuer vermaledeiten, nichts von den daraus resultierenden Verboten, durch deren Existieren die Kinder des Dorfes, wie ich eines war, ihre Motorradrennfahrerkarrieren zu begraben hatten und nicht einmal von den einigen wenigen Begegnungen, auf denen diese Geschichte beruht. Denn Herrn Kolkrabes Leben spielte sich, allenfalls, solange es draußen hell war, auf der Brücke ab, auf der er den lieben langen Tag nichts anderes tat als Portraitbilder von Einheimischen und Touristinnen und Touristen anzufertigen, die des Weges kamen und daran Gefallen fanden, sich an ihrer eigenen Eitelkeit zu ergötzen. Egal, ob die Sonne schien, ob es regnete oder schneite, dann befestigte Herr Kolkrabe einen großen roten Regenschirm an seiner Staffelei, oder ob ein Orkan im Anflug war, dann band Herr Kolkrabe die Staffelei am historisch verzierten Brückengeländer fest – Herr Kolkrabe malte und malte und malte. Wenn unweit neben ihm der Blitz einschlug, faustgroße Hagelkörner vom Himmel flogen oder der Nebel einen kaum zwei Armlängen weit sehen ließ – er malte. Dabei war er über die Jahre hinweg so gut geworden, dass man von Herrn Kolkrabe eine sehr zwiegespaltene, ja beinahe schizophrene Meinung im Dorf besaß. Wenn es ums Abbild der eigenen Eitelkeit ging, dann lobte man ihn in den Himmel – man vertrat die einhellige Meinung, Herr Kolkrabe male „zu gut, um wahr zu sein". Aber wenn es ums Wohl von uns Kindern ging, dann verschrie man ihn als den bösen Sonderling, als das Ungeheuer, das vor nichts und niemandem Halt machte. Dieses Vermaledeien, dieses Rufmorden, ging bisweilen so weit, dass meine Mutter, die wirklich kein Fliegengewicht auf dieser Welt war und wenig zimperlich, sondern gelernte und anschließend durch mich und meine Aufzucht wieder verlernte Metzgereifachverkäuferin, was man ihr bedauerlicherweise ansah, auch wenn sie es stets bestritt und sich für „ganz normal genährt" hielt, nur dann mit uns die Brücke überquerte, wenn Herr Kolkrabe ausnahmsweise einmal nicht auf der Brücke saß und malte. Das geschah maximal sechs Mal pro Monat. Viermal sonntags zwischen halb zehn und halb elf Uhr morgens, wenn Herr Kolkrabe dem dörflichen Gottesdienst beiwohnte und der Monat vier Sonntage aufzuweisen hatte, was aber insofern für meine Mutter keine Rolle spielte, da sie selbst meist zu dieser Zeit in der Kirche zugegen war und hin und wieder, wenn die Touristen nahezu gänzlich ausblieben und Herr Kolkrabe aus diesem Grund das Spazierengehen dem Malen vorzog. Da Herr Kolkrabe aber grundsätzlich nur auf der nördlichen Seite des Dorfes herumspazierte, hatte ich auch an diesen Tagen keine Gelegenheit, einen Blick auf den alten Sonderling zu erhaschen. Kurz und knapp: Ich hatte Herrn Kolkrabe in meinem Leben am Vortag meines zehnten Geburtstages noch nie gesehen. Noch nie! Jedenfalls konnte ich mich nicht erinnern. Nicht einmal für eine Sekunde, nicht für einen Augenblick, ja nicht für eine Zehntelsekunde hatte ich Herrn Kolkrabe in meinem Leben gesehen. Und das, obwohl ich mehrmals täglich nur einige Meter entfernt von ihm auf der Ideallinie mit dem Fahrrad neben der Brücke vorbeischoss – aber die Neigung der Brücke machte es mir unmöglich, auch nur im Augenblick einer Sekunde einen flüchtigen Blick auf diesen Sonderling zu erhaschen, über den man sich im Dorf die wüstesten Geschichten erzählte. Und so kam es, dass Herr Kolkrabe bis dato die Person in unserem Dorf war, über die ich am meisten gehört hatte, und die ich am seltensten – nämlich noch nie – gesehen hatte.

Meiner Phantasie tat das keinen Abbruch. Wenn ich abends im Bett lag und nicht einschlafen konnte, dann stellte ich mir Herrn Kolkrabe vor, wie er auf der Brücke saß und mich eines Tages selbst malte. Wie er mit seinen Krähenhänden, die von der Witterung und dem körperlichen Verfall des Greises gezeichnet waren, über das Papier schwang und kunstvolle Linien zum Abbild meiner selbst verband. Wie ich auf dem Papier stand, in meinem Rennanzug mit neongelb und blauer Farbe und die Ziffer sechsundvierzig über meinem Kopf prangte. In diesen Momenten verstand ich die Touristen und die Dorfleute, die sich von Herrn Kolkrabe malen ließen, die ihrer eigenen Eitelkeit verfielen und sich anschließend im allerschlimmsten der schlimmen Fälle ihr eigenes Portrait an die Wand nagelten, um sich für alle Ewigkeit daran zu ergötzen.

In meiner Vorstellung maß Herr Kolkrabe kaum mehr als 170 Zentimeter, saß leicht nach vorne gebückt auf einem kleinen Holzschemel, trug einen langen goldbeigen Mantel mit

Hornknöpfen, die doppelreihig vernäht waren, einen schwarzen Hut, unter dem die schulterlangen gekräuselten Haare hervorsprossen, und eine goldene Hornbrille, die majestätisch auf seiner Nase thronte und niemals des Hinunterfallens gefährdet war, weil Herr Kolkrabe ein außerordentlich ausgeprägtes Riechorgan besaß. Und – darin waren sich meine Phantasie und die Wirklichkeit weitestgehend einig: Herr Kolkrabe war des Malens mächtig – und wie! Herr Kolkrabe war nicht nur des Malens mächtig, er malte gar zu gut, um wahr zu sein.

Zu gut, um wahr zu sein! Die Leute im Dorf, allen voran meine Mutter, wurden nicht müde, das zu behaupten. Dabei wusste ich gar nicht, wie das denn gehen sollte. Zu gut, um wahr zu sein. Immer wieder schoss es mir durch den Kopf, vor allem abends, wenn ich in meinem Bett lag und nicht schlafen konnte, weil ich unglücklich in ein Mädchen verliebt war oder eine Latein- oder Mathematikarbeit in der Schule unmittelbar bevorstand, auf die ich mich nicht ausreichend vorbereitet hatte. „Zu gut, um wahr zu sein. Zu gut, um wahr zu sein. Zu gut, um wahr zu sein", dachte ich dann und brummelte vor mich hin. Man hätte auch einfach sagen können, Herr Kolkrabe male so gut wie ein großer Meister aus vergangenen Tagen, etwa Leonardo da Vinci, Henri de Toulouse-Lautrec oder Pablo Picasso. Man hätte sagen können, Herrn Kolkrabes Talent zu malen, sei weit und breit einzigartig und niemandem wäre ein Mensch auf dieser Welt bekannt, der auch nur ansatzweise so malen konnte, wie Herr Kolkrabe es tat. Man hätte sagen können, Herrn Kolkrabes Talent der Malerei wäre genial. Ja, man hätte ihn als Genie bezeichnen können, als Jahrhundertmaler, vielleicht sogar als Jahrtausendmaler. Aber die Leute sagten immer und immer wieder, Herr Kolkrabe male „zu gut, um wahr zu sein". Dabei war Herr Kolkrabe doch eine reale Person! Oder, dachte ich in diesen Momenten, gab es Herrn

Kolkrabe etwa gar nicht und man band uns Kindern einen Bären auf, um zu vermeiden, dass wir doch mit unseren Fahrrädern über die Brücke schossen und dabei Gefahr liefen, uns Knie und Ellenbogen so aufzuschlagen, dass man den Doktor aufsuchen hätte müssen? War Herr Kolkrabe also gar nicht real und malte daher „zu gut, um wahr zu sein"? Existierte Herr Kolkrabe womöglich überhaupt nicht? Die Frage brannte sich so tief in mein Gedächtnis, dass ich kurzzeitig sonntags sogar mit dem Gedanken spielte, meine Mutter in die Kirche zu begleiten, wovon mich dann allerdings die Verlockung und der Drang, mit dem Fahrrad zwischenzeitlich eventuell eine noch schnellere und bessere Ideallinie zu finden, abhielten.

Eine Erklärung dafür, dass Herr Kolkrabe zu gut, um wahr zu sein malte, lieferte schließlich erst mein zehnter Geburtstag, der an einem fünfundzwanzigsten Dezember vonstatten ging, an dem die Temperatur nur etwa zwei Grad Celsius über dem Gefrierpunkt lag und an dem der Heilige Abend, wie das an meinen Geburtstagen so üblich war, maximal ein paar Stunden des Schlafs zurückreichte.

Am fünfundzwanzigsten Dezember Geburtstag zu haben, brachte Vor- und Nachteile mit sich. In manchen Jahren war das eine durchaus rentable Begebenheit des Schicksals. Etwa, wenn ich mir ein Fahrrad zu Weihnachten wünschte, das weit über dem Budget lag, das das Christkind für mich pro Jahr durchschnittlich einkalkuliert hatte – dann übernahmen meine Eltern zum Anlass meines Geburtstages die zweite Hälfte und teilten sich die Investition mit dem Christkind, weil beide Ereignisse in vertretbarer Nähe beieinander lagen und Fahrräder zu dieser Jahreszeit besonders preiswert zu erwerben waren. Das Problem bestand vielmehr darin, dass ich jedes Jahr am fünfundzwanzigsten Dezember Geburtstag hatte. Auch wenn ich mir kein neues Fahrrad wünschte und sich mein

Wunschzettel im legitimen Rahmen des christkindlichen Budgets bewegte. Dann bekam man zwar an zwei aufeinanderfolgenden Tagen Geschenke, das ganze restliche Jahr hinweg allerdings überhaupt nichts. Und meist bewegte sich der Gesamtwert der Geschenke, die man am vierundzwanzigsten und am fünfundzwanzigsten Dezember summiert bekam, deutlich unter dem, den meine Freunde, die im Frühling, Sommer oder im Herbst Geburtstag hatten, bekamen.

Eine Ungerechtigkeit war das. Eine unsägliche Ungerechtigkeit der Natur, für die ich in erster Linie meine Eltern verantwortlich machte und in zweiter Linie den lieben Gott, der es sowieso nicht allzu gut mit mir gemeint hatte.

Erstens hatte er mich als Einzelkind auf diese Welt geschickt, zweitens maß ich kümmerliche einhundertunddreiunddreißig komma drei Zentimeter und war damit durchschnittlich dreikommasieben Zentimeter kleiner als meine Mitschüler, drittens – und das war keineswegs zu vernachlässigen – hatte er mich als Linkshänder auf die Welt geschickt, was dazu führte, dass ich in größter Regelmäßigkeit mit meinem Handballen die mit Füllhalter und Tinte verfassten Hefteinträge verschmierte, kaum eine Schere und einen Stiftspitzer anständig verwenden konnte und viertens ließ er mich am fünfundzwanzigsten Dezember Geburtstag haben. Für mich war klar, dass sich dieser liebe Gott, an den in unserem Dorf alle glaubten, an mir einen Spaß erlaubte. Dass er an mir ein Exempel statuieren wollte und mich nur in die Welt gesetzt hatte, um sich persönlich an dieser Ungerechtigkeit zu ergötzen.

Aber da hatte er die Rechnung ohne mich gemacht. Ich hatte mir bereits in jungen Jahren geschworen, diese unsägliche Ungerechtigkeit vehement zu rächen. Mir hatte keiner, aber überhaupt keiner krumm zu nehmen, – und diese Meinung vertrat ich vehement – dass ich, seit ich mich erinnern kann, niemals auch nur einen Fuß in eine Kirche, eine Kapelle, ein Kloster oder irgendein Haus, in dem man diesen unflätigen Jemand anbetete, gesetzt hatte. Und das sollte auf alle Ewigkeit so bleiben! Egal, ob das bedeutete, dass ich eines Tages in der Hölle enden würde, egal ob das bedeutete, dass ich mir Kommunions- und Firmgeschenke entgehen ließ und egal ob das bedeutete, dass mir auch der flüchtigste Blick auf Herrn Kolkrabe jahrelang verwehrt blieb. Aber, was rede ich denn da. Ich verzettele mich ja schon wieder…

Zurück also zu meinem zehnten Geburtstag, der an einem fünfundzwanzigsten Dezember von statten ging, an dem die Temperatur nur etwa zwei Grad Celsius über dem Gefrierpunkt lag und der Heilige Abend, wie das an meinen Geburtstagen so üblich war, maximal ein paar Stunden des Schlafs zurückreichte. Und an dem ich zur Überraschung meiner selbst und meiner Freunde ein funkelnigelnagelneues funkferngesteuertes Motorboot geschenkt bekam, das aber nicht irgendein Motorboot war, sondern eines, das zwei Schiffsrümpfe besaß, die mit eleganten Querstreben miteinander verbunden waren und an deren beider Enden jeweils eine motorisierte Schiffsschraube mit Seitenruder angebracht war. Auf der linken Rumpfplanke war mit rotem Lack eine fein geschwungene Linie aufgezeichnet, die beinahe so fein geschwungen war, dass man hätte annehmen können, der Portraitmaler Kolkrabe habe sie auf den Bootsrumpf gepinselt, und die in einen Schriftzug mündete, der das Wort „Katamaran" ergab. Dass es sich bei meinem funkferngesteuerten Motorboot um einen Katamaran handelte, hatte allerhöchsten Seltenheitsfaktor. Denn erstens waren alle Katamarane, die ich in meinem bisherigen Leben gesehen hatte, etwa im Italienurlaub nahe dem Hafen von Viareggio oder an der kroatischen Adriaküste zwischen schroffen Felsen und türkisblauem Wasser ankernd, der Kategorie

„Segelschiff" oder „Ruderboot" zuzuordnen und zweitens be-saß mein Katamaran nicht nur einen Motor, sondern gleich zwei Schiffschrauben, die synchron miteinander perfekt zu agieren hatten, um etwaiges Abdriften des Gespanns auf hoher See zu vermeiden. Die eleganten Querstreben, die beide Rumpfplanken miteinander verbanden, dienten als Kabelstege und links und rechts in jeder Rumpfplanke war ein Batteriefach verbaut, das absolut wasserdicht war und Platz für jeweils ei-nen Batterieblock lieferte.

Ich war der glücklichste Junge unseres Dorfes und ganz viel-leicht war ich in diesem Moment sogar der glücklichste Junge der Welt. Ich war mir sicher, ich konnte nicht glücklicher sein. Hätte ich den Weltmeistertitel in der 300ccm-Klasse im Motor-radrennsport gewonnen, wäre ich nicht glücklicher gewesen. Vielleicht genauso glücklich, aber nicht glücklicher. Hätte mich Lisa Huber, die Schwester von Simon Huber, in die ich seit ei-nigen Monaten Hals über Kopf verliebt war, gefragt, ob ich mit ihr ein Eis in der Gelateria Palermo essen wollte, ich wäre nicht glücklicher gewesen. Ja, ich war ziemlich sicher, ich war der glücklichste Junge der Welt. Jedenfalls in diesem Augenblick. Der liebe Gott hatte allenfalls für einen Moment lang aufgehört, sich an dieser Ungerechtigkeit zu ergötzen, mein zierlich-schmächtiger Körperbau war für einen Augenblick vergessen und meine Augen richteten sich einzig und allein auf den Ka-tamaran, den ich voller Stolz in meinen Händen hielt. Über der Reling war mittig ein Steuerrad angebracht, hinter dem eine kaum drei Zentimeter hohe Kapitänsfigur angeklebt war, die in die Ferne schaute.

Wenn man am fünfundzwanzigsten Dezember Geburtstag hatte, dann war das – diese Erfahrung hatte ich im Laufe der Jahre, die ich nun auf diesem Planeten zugebracht hatte, ge-macht – mit ausgesprochen hoher Wahrscheinlichkeit ein kalter

Wintertag, an dem es nicht selten schneite und die Temperatur kaum über dem Gefrierpunkt lag und an dem die Sonne hinter einer dicken Schicht aus Winterwolken und Nebelschlieren im weit entfernten Verborgenen ihr Dasein fristete. Die Leute waren, ob der winterlichen Dämmerdunkelheit in Kombination mit der in unseren Breiten üblich gewordenen und oftmals familienbedingten Weihnachtsverdrossenheit, mürrisch und griesgrämig geworden und die Lichterketten und Christbaumkugeln auf den Straßen und Weihnachtsmärkten wurden kaum noch wahrgenommen. Schlimmer noch, sie hingen den meisten Menschen geradezu zum Hals heraus.

Auch in diesem Jahr war das nicht anders. Der Unterschied zu den vergangenen Jahren, ausgenommen dem Jahr, an dem ich mein neongelbblaues Fahrrad mit der Nummer sechsundvierzig von Valentino Rossi geschenkt bekommen hatte, bestand allerdings vielmehr darin, dass mich die Weihnachtsverdrossenheit meiner Mitmenschen ebenso wenig störte wie das trübe Wetter. Wichtig war diesmal nur, dass die Temperatur den Gefrierpunkt überschritt, sodass kein Tropfen Wasser auch nur in Versuchung kam, festen Aggregatszustand anzunehmen. Ich zog mir meine Lederstiefel an, verknotete die Schnürsenkel hastig zu einem Doppelknoten, schnappte mir mein funkferngesteuertes Motorboot, nahm die Daunenjacke von der Garderobe, zog meine Wollmütze über den Kopf und lief am aufgesetzten Lächeln meiner winterverdrossenen Eltern vorbei aus dem Haus, den Dorfberg hinunter durch den Wald bis zur Talsenke zum Fluss und machte eine kleine Uferbucht unweit der Brücke und des einhundertundzehn Jahre alten Kastanienbaums als mein Ziel aus.

Dort angekommen phantasierte ich den stellenweise doch leicht anfrierenden Fluss zum Polarmeer und meinen funkferngesteuerten Katamaran zu einem Expeditionsschiff um, ähnlich etwa den Schiffen, die ich in den unzähligen Bildbänden meines Vaters immer und immer wieder begutachtet hatte, der seit Anbeginn meines Daseins und vielleicht auch schon zuvor – das wusste ich nicht so genau – ein glühender Fan der Schifffahrt war – und steuerte meinen zum Expeditionsschiff umgedachten Katamaran in Richtung zum Polarmeer umgedachter Flussmitte hinaus. Da ich bei all der Eile, das Schiff pünktlich ablegen zu lassen, meine Handschuhe in der unteren Kommodenschublade vergessen hatte, froren meine Finger – wenn ich nicht aufpasste – beinahe an der Fernbedienung fest. Aber ich passte auf, ignorierte den Kälteschmerz und ließ das Boot zunächst slalomartig einige Eisschollen umkurven, wobei ich mir allergrößte Mühe gab, meine beim Fahrradfahren erlernten Kenntnisse des Ideallinienfahrens auch beim Bootfahren anzuwenden und der Besatzung meines Expeditionsschiffs ein würdiger Kapitän zu sein.

Zu meiner vollkommenen Überraschung musste ich allerdings bald feststellen, dass es sich mit dem Lenken und den Ideallinien auf dem Wasser ganz anders verhielt als auf dem Land und dass die Trägheit, mit der mein Boot schließlich erst nach einigen Sekunden, nachdem ich den Richtungsschieber auf der Fernbedienung mit meinen fröstelnden Fingern in eine Richtung betätigt hatte, in ebenjene einlenkte, einen nicht zu vernachlässigenden Faktor für die Arbeit eines sicheren Steuermannes darstellte. Hinzu kam die Strömung des Flusses, die man aufgrund der Trägheit bereits einige Augenblicke vor Erreichen des Schiffs prophetisch vorhersehen musste, um ein Abtreiben vom eingeschlagenen Kurs und die damit drohende Katastrophe zu verhindern. Ich tat ebendies, hielt mein Schiff sicher auf Kurs und war fasziniert von der Schifffahrt und ihren physikalischen Gesetzen. Plötzlich verstand ich meinen Vater, für den die großen Dampfer und Segelyachten unserer

Weltmeere das waren, was für andere der FC Bayern München oder die MotoGP rund um Valentino Rossi waren, und ich war sicher, die Menschen, die für die Schifffahrt nichts übrig hatten oder von ihr nicht begeistert waren, die hatten in ihrem Leben noch kein funkferngesteuertes Expeditionsschiff, geschweige denn einen funkferngesteuerten Katamaran mit zwei Schiffschrauben und zwei Lenkrudern navigiert.

Arme Hunde waren das!

Ich schüttelte den Kopf und meinen Mundwinkeln entfuhr ein zufriedenes Grinsen. Was war ich doch für ein privilegierter Mensch. Nicht nur, dass ich ein eigenes funkferngesteuertes Boot besaß, nein nein, das Schicksal meinte es augenblicklich sogar so gut mit mir, dass es mich unweit des Flussufers wohnen ließ und mir somit immer und jederzeit die Möglichkeit einräumte, einen Ausflug auf die hohe See zu unternehmen und meine Fähigkeiten als Steuermann kontinuierlich zu verbessern.

Für mich war von diesem Augenblick an klar: Sollte ich meine Karriere als erfolgreicher Motorradrennfahrer an meinem achtunddreißigsten Geburtstag wegen fortgeschrittenen Alters am Zenit meines Könnens beendet haben, denn zu dieser Zeit ahnte ich noch nichts von meinem verhängnisvollen Fahrradsturz, würde ich eine zweite Karriere als Kapitän eines Expeditionsschiffes auf den Polarmeeren anstreben. Bis dahin hatte ich meine Fähigkeiten als Steuermann hier, an Ort und Stelle, so weit zu verbessern, dass ich schließlich nicht nur der beste Motorradrennfahrer der Welt, sondern auch der beste Hochseekapitän der Welt werden würde. Freudig, ob meiner neu geschmiedeten Lebenspläne, fuhr ich mir mit meiner linken Hand über die Nase und wischte den durch die Kälte hinunterlaufenden Rotz ab, ehe der liebe Gott und seine unendlichen Gemeinheiten dafür Sorge tragen sollten, dass ich erneut unsanft auf den Boden der Tatsachen zurückgeholt werden sollte.

Gerade als ich einen Rotzpopel, den ich mir von der Nase gewischt hatte, an meiner Jacke abstreichen wollte, landete etwa zweieinhalb bis drei Meter neben mir, direkt am Baumstamm des einhundertundzehn Jahre alten Kastanienbaums, mit lautem Flügelgeklapper ein völlig zerzauster Graureiher, der ganz offensichtlich den Zeitpunkt seines Aufbruchs in wärmere Gefilde bereits um einige Monate verpasst zu haben schien und der mich, zu meiner eigenen Verwunderung, mit der vollkommenen Dämlichkeit seiner urleeren Vogelaugen und leicht schiefem Kopf irritiert anglotzte.

Das mit den Reihern in unserem Dorf war so eine Sache. Denn ebenso wie unser Dorf in einen nördlichen und einen südlichen Part unterteilt war und man sich bis heute uneinig darüber war, welcher dieser beiden Dorfteile denn nun der ältere und damit der ursprüngliche sei, ebenso wie man über Herrn Kolkrabe eine äußerst zweigeteilte Meinung zu haben pflegte, so war man sich in Bezug auf den Sinn der Existenz von Graureihern an unserem Fluss ebenfalls uneinig. Man könnte beinahe die Vermutung anstellen, in unserem Dorf hätte sich über die Jahre hinweg eine Art Mode entwickelt, durch die es nun adrett und chic war, wenn man unterschiedlicher Meinung oder Auffassung war. Ich fand das in erster Linie belustigend und in zweiter und dritter Linie ausgesprochen unsinnig, denn ich war überzeugt davon, dass die Graureiher sich nicht einen Dreck darum scherten, was die Menschen über ihr Sein oder Nichtsein dachten – nicht weil es sie nichts anging, sondern weil sie schlicht und ergreifend zu dämlich waren, einen Sachverhalt wie der vom Sein oder Nichtsein einer war, zu kapieren - aber unter Spaziergehenden entfachte mehrfach die Diskussion, dass es doch das Beste wäre, die imposanten Großvögel aus den bewohnten Flussgebieten zu verjagen, nachdem sie regelmäßig Kleinkinder beim Umherwackeln attackiert hatten. Diejenigen, die das Vorherrschen der Graureiher befürworteten, erwiderten dann, ihre Existenz wäre für das Gleichgewicht des ufernahen Ökosystems unverzichtbar und diejenigen, die sich für das Verjagen der Vögel aussprachen, hielten dagegen, Kinderleben seien ja schließlich höher zu bewerten als potenzielle Fisch-, Ratten- oder Insektenplagen. Und während die Erwachsenen über die Sinnhaftigkeit der Existenz von Graureihern beim Spaziergehen vor sich hin diskutierten, gafften die Vögel selbst mit ihren leeren Augen in das vor sich hinfließende Gewässer, hofften darauf, dass eine Jungforelle oder ein kleiner Bachsaibling vorbeischwammen, und dachten dabei sicherlich an alles, aber am allerwenigsten daran, dass sie Graureiher waren, einen eventuellen Nutzen für ein ufernahes Ökosystem hatten, dass die Erwachsenen lebhaft über ihr Sein oder Nichtsein diskutierten und überhaupt daran, dass sie selbst existierten.

So, oder so ähnlich, verhielt es sich auch mit ebenjenem völlig zerzausten Graureiher, der etwa zweieinhalb bis drei Meter neben mir, direkt am Baumstamm des einhundertundzehn Jahre alten Kastanienbaums mit lautem Flügelgeklapper gelandet war, ganz offensichtlich den Zeitpunkt seines Aufbruchs in wärmere Gefilde bereits um einige Monate verpasst hatte und der mich, zu meiner eigenen Verwunderung – schaute er nicht etwa auf das Wasser und hoffte darauf, dass eine Jungforelle oder ein kleiner Bachsaibling vorbeischwamm – mit der vollkommenen Dämlichkeit seiner urleeren Vogelaugen und leicht schiefem Kopf irritiert anglotzte.

Ich glotzte irritiert zurück.

Ich glotzte und glotzte und glotzte. Noch nie war ich in aller Dreistheit von einem Graureiher angeglotzt worden. Die

Sekunden verstrichen und ich glotzte immer noch zurück. Dabei glotzte ich ihm nicht in die Augen, ich glotzte durch seine Augen hindurch, denn in den Augen fand ich nichts, was ich hätte anglotzen können. Kein Glanz, kein Schimmer, nichts Lebendiges. Augen ohne Blick. Wir bewegten uns beide nicht. Wir glotzten ins unendliche Leere.

Das Problem am Glotzen bestand für mich in diesem Augenblick darin, dass ich, im Gegensatz zu meinem gefiederten Gegenüber, zwei Augen besaß, die auf der Vorderseite meines Kopfs – und nicht etwa an den Seiten – aus ihren knöchernen Höhlen klafften, was bedauernswerterweise mit sich brachte, dass es mir vom lieben Gott nicht vergönnt war, zwei Dinge gleichzeitig anzuglotzen. Das brachte wiederum mit sich, dass ich meinen funkferngesteuerten Katamaran vor lauter Ablenkung völlig aus den Augen verloren hatte und ehe ich mich versah, hatte sich das Boot in einer großen, in der Strömung des Flusses leicht auf und ab wippenden, Eisscholle verfangen.

Mich überkam eine große Wut.

Aber nicht auf mich, den genialischen Steuermannemporkömmling, sondern auf das dämliche Großvogelvieh, den lieben Gott und überhaupt alle, die für meine Ablenkung in allerwichtigster Mission zur Verantwortung zu ziehen waren.

Energisch schob ich mit meinen von der Kälte bereits leicht blau angelaufenen Daumen beide Richtungsregler der Fernbedienung auf und ab. Immer wieder drückte ich den Steuerhebel, der für den Vortrieb des Bootes verantwortlich war, nach vorne und hinten, probierte mich an wildesten Kombinationen aus Vorschub und Richtungsänderungen aus, aber es half alles nichts. Mein funkferngesteuerter Katamaran hing an einem dahingleitenden Eisblock und steckte fest.

„Dämlicher Vogel", fauchte ich vor mich hin und machte einige Sätze auf den Reiher zu, um ihn zu vertreiben. Aber er ließ sich nicht vertreiben. Der Reiher stand unberührt von meiner aufbrausenden Wut in aller Seelenruhe am Uferrand und glotzte mich fortwährend irritiert an. Nicht einen Mucks hatte er getan, nicht eine klitzekleine Bewegung mit einem seiner langen Beine vollzogen. Wie versteinert stand er da und glotzte, während ich aggressiv vor mich hin zischte. Ich empfand das als bodenlosen Affront.

„Zsch zsch zsch", fuhr es mir immer wieder mit zusammengefletschten Zähnen über die Lippen. „Zsch zschhhh". Aber es half alles nichts. Was ich auch tat, ob ich zischte oder in die Hände klatschte, um den Reiher zu vertreiben. Das dämliche Vogelvieh zuckte nicht einmal mit den Schwanzfedern und stand unseren Konflikt stoisch aus. Eine Unverschämtheit der Natur, eine Unflätigkeit des lieben Gottes war das.

Nach einem kurzen Augenblick hatte ich mich und meine Nerven wieder so weit gesammelt, dass es mir gelang, mich daran zu erinnern, was ein vorzüglicher Kapitän zu tun hatte, wenn sein Schiff in Seenot geraten war. Er musste alles, aber wirklich alles dafür tun, zu retten, was noch zu retten war und dazu gehörte in meinem Fall in erster Linie, dass ich den verfluchten Graureiher unverzüglich ignorierte und in zweiter Linie, dass ich mich selbst ins kühle Nass zu wagen hatte, um das Schiff mit meinen eigenen Händen aus seiner misslichen Lage zu befreien, nicht zuletzt deshalb, weil es sich derart weit entfernt vom Ufer verfangen hatte, dass auch der aerodynamischste Stein – ich war obendrein ein nicht sonderlich talentierter Werfer – oder der allerlängste Ast, der unweit des einhundertundzehn Jahre alten Kastanienbaums zu finden war, in keinster Weise ausgereicht hätten, um dem aufgelaufenen Kahn den entscheidenden Schub nach vorne, links oder rechts zu geben.

Ich seufzte laut auf.

Vorsichtig legte ich die Fernbedienung beiseite, bückte mich etwas nach vorne in die Knie, gerade so weit, dass meine Daunenjacke den erdigen Grund nicht berührte, und tippte mit meinem linken Zeigefinger an einer Stelle ins Wasser, die aufgrund einer leichten Verwirbelung noch nicht ganz zugefroren war und erschauderte.

In einem Buch hatte ich einmal gelesen, dass ein Sprung ins kalte Wasser ohne vorherige Anpassungszeit dazu führen konnte, dass sich die Adern im Körper schlagartig verengten und der Blutdruck so stark anzusteigen vermochte, dass ein derart gewaltiger Druck auf dem Herzkreislauf lastete, der im allerschlimmsten Fall zu einem sofortigen Herzinfarkt oder Schlaganfall führen konnte.

Ich war sicher, dass mein Ende gekommen war. Dass ich die Havarie meines Katamarans und die damit verbundene Seenotrettung mit meinem Leben bezahlen würde. Alles wegen eines dämlichen Vogels, der mich mit einem billigen Ablenkungsmanöver übertölpelt hatte und mich immer noch auf widerlichste Art und Weise anglotzte. Nachdenklich lugte ich über den leicht angefrorenen Fluss hinweg zu der Stelle hinüber, an der das Boot festhing, und versuchte mich darin, die Wassertiefe mit bloßem Auge abzuschätzen. Das gelang nicht allzu gut, genügte aber, um festzustellen, dass es nahezu ausgeschlossen war, dass man an jener Stelle stehen, geschweige denn durch das Wasser waten konnte. Wenn ich mein Schiff retten wollte, würde ich schwimmen müssen. Mein Herzkreislauf würde den widrigen Bedingungen trotzen und dem gewaltigen Druck, der auf ihn zukommen sollte, Widerstand leisten müssen. Von den mentalen Torturen, die mein Vorhaben mit sich brachte, einmal ganz zu schweigen.

Langsam streckte ich mich aus der Hocke empor und schlurfte mich selbst bemitleidend und hadernd in Richtung des einhundertundzehn Jahre alten Kastanienbaums, unweit dessen ich am Rand des geschwungenen Uferweges, an der vom Ufer abgewandten Seite also, und der Stelle, an der ich später unsanft mit dem Kopf einschlagen sollte, eine geeignete Ausbuchtung ausgemacht hatte, um mich meiner Kleidung zu entledigen. Und dann tat ich, was zu tun war. Ich zog meine Daunenjacke aus, entledigte mich meiner Lederstiefel, streifte die Wollmütze vom und den Strickpullover über den Kopf, knöpfte mein Hemd auf, stülpte mein Unterhemd über mein Haupt hinweg und steckte die Socken in die warmen Stiefel. Lediglich meine Unterhose behielt ich an.

Mir war eiskalt.

Meine Füße brannten mit jedem Schritt mehr, den sie auf dem winterlichen Gras- und Erdboden zu machen hatten, mein Oberkörper zitterte welpengleich und mein Kiefer klapperte lautstark vor sich hin. Dann lief ich los – meinem Boot entgegen in die eiskalten Fluten des Flusses. Als ich mit beiden Knöcheln im Wasser stand durchfuhr mich ein eisiger Schauer. Das Wasser war so kalt, dass ich befürchtete, selbst zwischen den Eisschollen festzufrieren und auf schlimmste und elendigste Art und Weise zu verenden. Mir war klar, dass ich mich stetig bewegen musste, um immerhin dafür Sorge tragen zu können, dass Restmengen an nicht vollständig gefrorenem Blut durch meine Adern flossen. Hastig rieb ich mir beide Handgelenke mit dem kalten Flusswasser ein und ließ mich schließlich in die Wellen fallen. Ich keuchte auf. Das kalte Nass legte sich wie ein immer enges einschnürendes Korsett um meinen Brustkorb und raubte mir die Luft zum Atmen. So sehr ich mich auch anstrengte, die nicht viel wärmere Winterluft in meine Lungenflügel zu pressen, es gelang mir nicht. Wieder und wieder entfuhren mir kläglich ächzende Seufzer und Stöhner. Meine Arme ruderten wie fremdgesteuert hektisch umher, die scharfen Kanten der umhertreibenden Eisschollen schlitzten meinen Brustkorb an mehreren Stellen auf, aber mir war zu kalt, um überhaupt Schmerzen zu verspüren, und ohne, dass ich es wollte, bewegte ich mich schwimmend vom Ufer hinfort in Richtung Flussmitte, meinem in Seenot geratenen funkferngesteuerten Katamaran entgegen. Was dann geschah, konnte ich mir selbst nicht genau erklären.

Kurz vor Erreichen des festhängenden Katamarans ergriff mich eine Stromschnelle, die ich übersehen hatte und trieb mich einige Meter flussabwärts. Reflexartig paddelte ich mit meinen Händen der Strömung entgegen und richtete meinen Oberkörper gen Osten, also flussaufwärts, aus, um der mir entgegenschellenden Strömung mit maximaler Wirksamkeit zu begegnen. Den Kopf hob ich dabei schräg nach oben, um auch im sprudelnden und spritzenden Schaum der Wellen ausreichend Luft zu bekommen. Und da geschah es. Nachdem ich eine herabschellende Welle passiert hatte und eine Stelle im Fluss erreicht hatte, an der mir das Wasser etwas beruhigter entgegenfloss, fiel mein Blick schräg waagrecht nach oben in Richtung des steinernen Brückengeländers, durch die altertümlichen Schnörkelverzierungen und deren Lücken hindurch, direkt auf Herrn Kolkrabe.

Wie erstarrt krallte ich mich an einer kleinen Eisscholle fest und rührte mich nicht. Herr Kolkrabe saß unbeweglich auf einem kleinen Holzschemel vor seiner Staffelei, in einen dicken goldbeigen Wintermantel gehüllt, und ihm gegenüber stand ein Wesen, das ich erst auf den zweiten Blick als Frau identifizieren konnte und das mehr der äußerlichen Gestalt einer Birne als der eines Menschen glich. Als sich mein Atem ein wenig beruhigt hatte, griff ich noch einmal nach der Eisscholle, bewegte meinen Kopf ruckartig nach vorne und brachte mich so in eine noch bessere Position, um das Geschehen auf der Brücke genauer unter die Lupe nehmen zu können. Meine Fantasie hatte mich nicht enttäuscht. Unter seinem schwarzen Hut kräuselten sich lange graue Locken hervor, auf seiner imposanten Nase wähnte ich, ohne es aus der Distanz genau erkennen zu können, eine wohl goldfarbene Brille sitzen und mit seiner linken Hand strich er in großen, bogenförmigen Bewegungen über ein rechteckiges Etwas, das ich unmittelbar als Leinwand identifizieren konnte.

„Potzblitz", dachte ich. Dieser Portraitmaler Kolkrabe war zu meiner vollkommenen Überraschung ein Linkshänder!

Genau wie ich selbst. Ein Linkshänder, der sich den genialischen Kniff angeeignet hatte, seine Leinwand in beinahe rechtem Winkel zu seiner Umgebung auf einer Staffelei zu platzieren, um so das Verwischen von Farben und Tinte mit dem linken Handballen zu vermeiden. Ich stieß, kaum dass ich realisiert hatte, was ich da gerade auf der Brücke gesehen hatte, einen langen, schauerlich klingenden Laut aus, ähnlich einem betonten und wohlbestimmten Seufzer, der wohl den äußerst bedenklichen und widrigen Umständen geschuldet war, in denen ich mich noch immer befand. Nein, eigentlich war es kein Seufzer, denn in einem Seufzer klang eine gewisse Erleichterung mit, es war vielmehr ein stöhnender Ächzer, ein tiefer, angestrengter Brustlaut, in dem sich Verzweiflung, körperliche Anstrengung und ein gewisses Maß an Erstauntheit zu gleichen Teilen mischten. Dabei war mein Geächze augenscheinlich von lauterer Natur gewesen als ich im ersten Moment gedacht hatte. Der Portraitmaler Kolkrabe erhob sich von seinem Holzschemel und schlenderte in Richtung Brückengeländer. Nun, das mit dem Schlendern war so eine Sache, Herr Kolkrabe wackelte mehr, als dass er schlenderte. Seine kurzen Beine erinnerten dabei an den steifen Gang einer Marionette, während sein Oberkörper mit jedem Schritt erst nach links, dann nach rechts – und nach links, dann wieder nach rechts wippte. Die Birne, die Herrn Kolkrabe gegenüberstand, blieb wie versteinert auf der Brücke stehen, aber Herr Kolkrabe selbst näherte sich unaufhaltsam dem mir zugewandten Brückengeländer, strich sich einmal und kurz darauf noch einmal über den Hut und blickte mit eiserner Miene auf den weiten Fluss – direkt in meine Augen.

Nun, eigentlich blickte Herr Kolkrabe nicht in meine Augen; Herr Kolkrabe blickte durch meine Augen hindurch.

Er verzog keine Miene als er sah, dass einige Meter vor ihm ein Kind in Not war – ich wusste nicht einmal, ob er realisierte, was er da sah, geschweige denn, ob Herr Kolkrabe in diesem Moment überhaupt etwas sah. Noch immer ein flehentliches unbewusstes Stöhnen, ähnlich dem Wimmern eines schmerzenden Kranken ausstoßend, glotzte ich den alten Kauz an. Ich rührte mich nicht, ich spürte die eisigen Temperaturen, in denen ich mich noch immer befand, nicht mehr, ich glotzte nur. Wieder und wieder glotzte ich den Kolkrabe an – den verschrobenen Sonderling mit dem Vogelnamen, über den man sich in unserem Dorf die wüstesten, fantasievollsten und grauenhaftesten Märchen erzählte.

Herr Kolkrabe stierte immer noch in meine Richtung. In meine Augen, nein, vielmehr durch meine Augen hindurch. Ich kam mir vor wie der zerzauste Graureiher am Ufer des Flusses. Wie der dämliche Großvogel, der für jegliches Geschehnis, das mir in diesen Momenten widerfuhr, in vollster Verantwortung stand. Der Schuld daran war, dass ich den Kolkrabe gesehen hatte, der Schuld daran war, dass ich mich in einem halb zugefrorenen Fluss befand und der die Schuld daran trug, dass ich mich selbst wie der Reiher fühlte, wenn der Kolkrabe durch meine Augen hindurchsah.

Wie die versteinerte Büste eines großen Dichters und Denkers vergangener Tage lugte der Oberkörper des Portraitmalers regungslos über dem Geländer hervor, als wäre er eingefroren. Er rührte sich nicht, verzog keine Miene und wackelte erst nach einigen Augenblicken, ich bin bis heute nicht sicher, ob es sich um Augenblicke, Sekunden oder Minuten handelte, unberührt zurück zu seinem Holzschemel.

Hastig griff ich nach meinem funkferngesteuerten Motorboot, das nur noch einige wenige Zentimeter von mir im angefrorenen Fluss festhing und schwamm dann in hektischer Eile gen Flussufer zurück. Ich riss mir, nachdem ich wieder festen Boden unter den Füßen hatte, die Unterhose vom Leib, rannte flotten Schrittes einige Meter am Ufer entlang zum einhundertundzehn Jahre alten Kastanienbaum, erspähte den Reiher, der mittlerweile einige Meter weiter flussaufwärts am Ufer stand und sein Unheil trieb, und trocknete mich mit dem Innenfell meiner Daunenjacke notdürftig ab. Dann zog ich mich, ausgenommen der tropfnassen Unterhose, die ich in Windeseile auf einem niedrig hängenden Ast des Baumes deponiert hatte, an, hüpfte einige Male auf und ab, um mich aufzuwärmen, nahm den funkferngesteuerten Katamaran und die Fernbedienung in meine vom Frostschmerz und den scharfkantigen Eisschollen lädierten Hände und tippelte immer noch vor Kälte zitternd aufgeregt in Richtung der steinernen Brücke. Meine Neugierde war geweckt. Vorsichtig lugte ich nach links und rechts, um sicherzugehen, dass mich niemand beobachten konnte, und setzte dann meinen linken Fuß schleichend auf die unregelmäßig angelegten Pflastersteine der Dorfbrücke. Ganz langsam tastete ich mich vor. Es vergingen wohl fünf oder sechs Minuten, ehe ich mich gerade einmal einen Meter, vielleicht zwei, auf die Brücke gewagt hatte und vergeblich versuchte, auf Zehnspitzen stehend, trotz Brückenneigung von Ort und Stelle aus einen weiteren Blick auf den Portraitmaler Kolkrabe zu erhaschen. Ich stellte ernüchternd fest, dass ich mindestens auf Höhe der Brückenmitte hätte stehen müssen, um den nördlichen Teil des steinernen Überführungsweges überblicken zu können, auf dem sich Herrn Kolkrabes Staffelei üblicherweise etwa auf halbem Wege in Richtung des anderen Ufers befand. Aber um auf Höhe der Brückenmitte zu gelangen, hätte ich mich aus der Deckung des einhundertundzehn Jahre alten Kastanienbaums emporschleichen müssen und es war beinahe mit angrenzender Sicherheit davon auszugehen, dass ich bei diesem Vorhaben von irgendjemandem entdeckt worden wäre, mit größter Wahrscheinlichkeit von der menschlichen Birne, die ihrer Statur nach gut und gerne die Bäckereiverkäuferin Frau Luber, eingehüllt in warme Wintermode, hätte sein können – so genau hatte ich das vom Fluss aus nicht erkennen können –, die wiederum mit angrenzender Sicherheit meine Mutter von meinen forschenden Anstellungen und Aufmüpfigkeiten gegen allerstrengste Verbote unterrichtet hätte. Das wiederum hätte eine beachtliche Portion Ärger mit sich gebracht, vermutlich mindestens zehn Tage Hausarrest und den sofortigen Verlust meines funkferngesteuerten Katamarans. Ich konnte das in keinster Weise riskieren.

Stattdessen fasste ich einen neuen Plan und ich griff mir ungläubig mit der flachen Hand auf die Stirn. Dass mir dieser Einfall in zehn Jahren, in denen ich nun auf dieser Welt mein Dasein fristete, nicht schon eher gekommen war! Ich beschloss, auf den einhundertundzehn Jahre alten Kastanienbaum zu klettern. Das bescherte mir wenig Mühe, denn ich war ein ausgezeichneter Baumkletterer, der beste Baumkletterer unserer Klasse, der beste Baumkletterer unserer Schule und vielleicht sogar der beste Baumkletterer des ganzen Dorfes. Das Alter des einhundertundzehn Jahre alten Kastanienbaums, das mir beim

Ideallinienfahren mit dem Fahrrad zum Verhängnis werden sollte, war in diesem Augenblick zu meinem großen Vorteil avanciert. Denn die Laune der Natur brachte gewöhnlicherweise mit sich, dass Bäume mit zunehmendem Alter in Rumpfnähe einige holzknöcherne Verzweigungen und Gabelungen bildeten, die sich als ausgezeichnet geeignete Kletterhilfen auf dem Weg in die Baumkronen erwiesen. So auch diesmal.

Ich musste zunächst auf einen kleinen Rindenvorsprung, der etwa einen guten Meter über dem Boden aus dem Stamm der Kastanie ragte, klettern und mich von dort ins verzweigte Geäst hinaufhangeln. Dann war alles ziemlich einfach. Auf dicken, griffigen Ästen stieg ich den Baum hinauf, bis über mir die Zweige brachen und der Stamm so dünn geworden war, dass ich ein leichtes Schwanken vernahm. Abrupt hielt ich an, machte eine kleine Lücke im Geäst aus, in der ich mich zu positionieren versuchte, und hielt mich klammernd fest. Der Vorteil, wenn man im Winter auf Bäume kletterte, die keine Nadelbäume waren, bestand darin, dass man sich um Blätter und die damit verbundene Rutschgefahr beim Emporhangeln keinerlei Gedanken machen musste. Der Nachteil war, dass keine Blätter vorhanden waren, die einen vor den neugierigen Blicken einiger Passanten schützten. Aber ich hatte Glück! Der fünfundzwanzigste Dezember war ein ruhiger Tag. Die Menschen saßen mit ihren Familien beisammen, genossen Weihnachtsbraten oder süße Leckereien, machten es sich rund um ihre Kaminöfen gemütlich und mieden die kalte, nasse und graue Tristesse der Natur. Langsam ließ ich mich in die Knie, saß in der Astgabel, dicht an den Stamm des einhundertundzehn Jahre alten Kastanienbaums geschmiegt, und wagte einen vorsichtigen Blick in Richtung nördliche Brückenhälfte.

Das birnenförmige Wesen, das sich nicht regte, als Herr Kolkrabe in Richtung des Brückengeländers gewackelt war,

war tatsächlich die in Winterjacke, Schal und Mütze einge-
mummelte Bäckereiverkäuferin Frau Luber. Mit breitem, schiefem Grinsen schielte sie Herrn Kolkrabe und seiner Staffelei
entgegen. Ohne auch nur einmal mit der Wimper zu zucken,
stand sie wie versteinert Modell und ließ sich, von der eigenen
Eitelkeit schwer mitgenommen, auf die Leinwand pinseln. Eine
große Warze, die Frau Luber aus dem Nasenrücken wuchs, re-
flektierte beinahe die wenigen verbliebenen Wintersonnen-
strahlen und funkelte tumorös in den Himmel.

Ich dachte, dass es urkomisch wäre, wenn Herr Kolkrabe für
Frau Lubers Portrait eine birnenförmige Leinwand ausgewählt
hätte, und amüsierte mich an der Eitelkeit dieser wirklich nicht
gerade wohlgeratenen Dame. Wie sie da stand, posierend wie
die Mona Lisa, und sich mit Pinsel, Farbe und Papier verewigen
ließ, ohne dass wohl irgendwer nach ihrem Portrait gefragt
hätte, geschweige denn sich ausgerechnet ein Abbild von Frau
Luber ins Wohnzimmer oder die Küche zu hängen gedächte.
Ich fand das urpeinlich und schüttelte fassungslos den Kopf.
Das, was mir aber eigentlich den Atem raubte, war die Zeichnung, die der Portraitmaler Kolkrabe auf seiner Leinwand angefertigt hatte. Ja ja, das war die Luber, die er da hingepinselt
hatte – unverkennbar, es war zweifelsfrei Frau Luber!

Aber Frau Lubers Abbild hatte mit der Realität erschreckend
wenig gemeinsam. Und trotzdem erkannte man Frau Luber auf
den ersten Blick. Ihr birnenförmig ausgebuchtetes Hinterteil
verschmolz wohldosiert mit ihrem feingezeichneten, restlichen
Körper. Die schiefen Zähne und die Lücke zwischen den vor-
deren oberen Schneidezähnen, durch die Frau Luber beim
Sprechen pro S-Laut in hohem Bogen mindestens drei Tropfen
Flüssigkeit verlor, hatte Herr Kolkrabe allenfalls allem Anschein aus einiger Entfernung nach im Handumdrehen besser
begradigt als jeder Kieferorthopäde und die Warze auf Frau

Lubers Nase war als diamantenes Piercing umgezeichnet worden.

Was war dieser Kolkrabe für ein hinterlistiger und genialischer Emporkömmling, der die Eitelkeit seiner Mitmenschen gnadenlos zu seinem Geschäfts- und Erfolgsmodell umfunktioniert hatte, ohne dass es die Betroffenen selbst zu merken vermochten! Wenn ich nicht aufpasste, mir fiel die Kinnlade hinunter obgleich dieses Ausmaßes an Genialität. Was war das für ein wohlüberlegter Irrsinn, den Herr Kolkrabe da betrieb, indem er die Leute schöner, anständiger und dem wuchernden Schönheitsideal unserer Gesellschaft entsprechender malte als es die Natur und das Werk des lieben Gottes, kurzum, die Realität, bewerkstelligen konnten! Ich wusste nicht, wann ich das letzte Mal so verblüfft von etwas gewesen war. Der fünfundzwanzigste Dezember, mein Geburtstag, der funkferngesteuerte Katamaran, das Zusammentreffen mit dem Graureiher und mein notgedrungener Ausflug in den immer weiter zufrierenden Fluss mit anschließender Bootsrettung waren vollkommen vergessen. Ich hatte einzig Augen für Herrn Kolkrabe und seine Abbildung von Frau Luber. Ich hatte plötzlich überhaupt keine Lust mehr, Steuermann oder Motorradrennfahrer zu werden. Ich war derart fasziniert von der Malerei und dem Portraitmaler Kolkrabe, dass ich die Leute in unserem Dorf verstehen konnte, wenn sie behaupteten, Herr Kolkrabe male zu gut, um wahr zu sein.

Z W E I

Es vergingen wohl einige Monate, vielleicht sogar ein bis zwei Jahre, so genau weiß ich das nicht mehr, ehe ich Herrn Kolkrabe das nächste und zugleich das letzte Mal begegnet bin. Gesehen hatte ich ihn in der Zwischenzeit sicherlich häufig, wenn ich auf den einhundertundzehn Jahre alten Kastanienbaum kletterte, um ihn bei seiner Malerei zu beobachten, aber ich erinnere mich nicht mehr an zu viele Details, zu gewöhnlich war es mir geworden, den alten Sonderling zu beschatten. Von irgendjemandem hatte man gehört, Herrn Kolkrabes Frau hätte in der Zwischenzeit das Weite gesucht, aber man wusste nicht, ob das der Wahrheit entsprach und welche Gründe es gehabt hätte. Man munkelte, Herr Kolkrabe sei in ein kleines Haus, das ehemals eine Mühle war, am Dorfrand gezogen – aber dort ein- und ausgehen sehen hatte ihn ebenso niemand wie ihn jemand umziehen hätte sehen können.

Meine nächste, schicksalhafte Begegnung mit Herrn Kolkrabe ereignete sich an einem sonnigen Herbsttag, ich denke, es dürfte vielleicht die zweite oder dritte Oktoberwoche gewesen sein, etwa fünf oder sechs Wochen nachdem das neue Schuljahr begonnen hatte. In den Sommerferien war in unser Nachbarhaus, das von unserem Haus lediglich durch eine niedrige Buchsbaumhecke separiert war, eine Familie namens Poltermann eingezogen, deren Tochter – Katharina Poltermann – Anfang September in meine Klasse kam. Sie hatte dunkle Augen, wohlgeformte Augenbrauen und dunkelbraune Haare mit einem Ponyschnitt über der Stirn. Ihre Haut war blass und ihre zarten Ohrläppchen zierten meist zwei große Kreolen-Ohrringe aus echtem Weißgold, wie sie nur die wenigsten im Dorf besaßen. Da die Poltermanns aber aus der Großstadt aufs Land geflohen waren, besaßen sie alle möglichen Dinge, die in unserem Dorf Begeisterungsstürme und Bewunderung auslösten.

Wenn Katharina lachte, mit einer dunkel rauen Stimme – ich war sicher, im Chor hätte sie Alt und nicht Sopran gesungen – dann strahlte sie über das ganze Gesicht und kniff dabei leicht die Augen zu zwei Schlitzen zusammen. Ich hätte ihr Gesicht unentwegt ansehen können und ich sah es an, wann immer ich konnte. Im Schulunterricht, wo Katharina neben mir saß, weil ich der einzige Junge war, den sie bereits vor Schulbeginn im September kennengelernt hatte, lugte ich unauffällig nach rechts zu ihr hinüber, wenn sie sich im Vorgarten aufhielt, hielt auch ich mich vorzugsweise vor unserem Haus auf, und wenn sie auf der Straße unterwegs war, gab ich mir allergrößte Mühe, mit dem Fahrrad besonders schnell und aerodynamisch an ihr vorbeizurasen, um sie zu beeindrucken.

Dabei war ich zu schüchtern, sie regelmäßig anzusprechen oder gar danach zu fragen, ob sie vielleicht mit mir ein Eis essen oder Katamaran fahren gehen wollte. Ich blickte sie stets verstohlen an, wenn sich unsere Wege kreuzten, so dass es niemand sah, unglücklicherweise auch Katharina nicht.

Weniger schüchtern war ich in meinen Träumen und Tagträumereien, wenn ich an Regentagen nachmittags auf meinem Bett lag, die mit Holzplanken verzierte Dachschrägendecke anstarrte und mir die schönsten Dinge, die es auf der Welt gab und die ich unbedingt noch erleben wollte, ausmalte. Da packte ich sie bei der Hand, lief mit ihr durch die Straßen unseres Dorfes, kaufte ihr von meinem Taschengeld ein Tüten-Eis mit mindestens vier Kugeln und einer Extraportion Schlagsahne und führte sie anschließend beschützend über die Dorfbrücke direkt am Portraitmaler Kolkrabe vorbei. In meinen Träumereien ließen wir uns auf einer Bank unweit des einhundertundzehn Jahre alten Kastanienbaums nieder, ich schaute ihr ins Gesicht, ganz nah, und erzählte von meinen Abenteuern, wie ich im halb zugefrorenen Fluss meine Schiffsbesatzung gerettet hatte und dabei Herrn Kolkrabe beobachtet hatte. Wie er durch mich wie durch einen zerzausten Graureiher hindurchgesehen hatte und wie ich ihn anschließend vom Kastanienbaum aus beobachten konnte und er Frau Luber portraitierte. Und sie hörte voller Begeisterung zu, musste lachen, hob ihren Kopf in den Nacken und schloss die Augen, und ich durfte ihr dabei sanft über die Wangen streichen – am Ohr vorbei, dort wo die großen Kreolen ihren zarten Hals herunterbaumelten, bis zum Nacken entlang.

Diese Art von Träumen hatte ich mehrmals die Woche.

Da gab es wenig, was ich beklagen konnte, schließlich waren es durchweg schöne Träume, das Problem bestand vielmehr darin, dass die Realität erschreckend wenig mit dem gemeinsam hatte, was ich da träumte. Ich hätte alles dafür gegeben, auch nur einmal mit Katharina nachmittags nach der Schule auch tatsächlich auf der Bank unweit des einhundertundzehn Jahre alten Kastanienbaums zu sitzen und meine Geschichten zu erzählen. Leider bestand dafür so gut wie keine Aussicht, denn Katharina musste nach der Schule stets unverzüglich nach Hause und ehe ich auf dem Schulheimweg das Erzählen begonnen hatte, war sie auch schon in ihrem Vorgarten und kurz darauf hinter ihrer Haustüre verschwunden. Wenn ich anschließend noch einige Augenblicke draußen verharrte, konnte man manchmal, wenn kein Auto oder kein quietschendes Fahrrad Lärm machten, noch den ein oder anderen ihrer unverkennbaren Lacher hinter verschlossener Türe hören, bei besonders günstigen Witterungsbedingungen in den seltensten Fällen im leichten Zuge des Windes noch einige Momente den herrlich süßen Duft ihres Parfüms erahnen, der weichsanfte Noten von Pfirsich und den lieblichen Duft von Rosen miteinander vereinte. Eines Tages nun – ich meine, es war ein Samstag oder ein Sonntag gewesen – saßen wir zuhause, meine Mutter, mein Vater und ich, beim Abendbrot, als meine Mutter plötzlich zu mir hinüberfragte: „Du! Sag mal, hast du eigentlich den Herrn Poltermann schon mal gesehen? Oder hat dir Katharina was über den Herrn Poltermann erzählt?"

„Nein", sagte ich und widmete mich wieder meinem Butterbrot, das ich mit zwei Scheiben Käse und einer Scheibe Salamiaufschnitt belegt hatte.

„Das ist doch komisch, oder? Ich habe Frau Poltermann noch nie darauf angesprochen, irgendwie ist mir das unangenehm. Meinst du auch?"

„Ja, unangenehm", erwiderte ich, während meine Gedanken schon wieder um Katharina kreisten. Meine Mutter redete weiter, sprach davon, dass Frau Luber ihr erzählt hätte, Herr Poltermann habe in einer Chemiefabrik gearbeitet und sei bei einer schweren Explosion ums Leben gekommen. Dass die Familie anschließend von der Stadt auf das Land gezogen sei, um den schweren Verlust zu verarbeiten. Ich hörte zu, nahm auf, was sie zu erzählen hatte und verzog dabei keine Miene. Zu groß war die Gefahr gewesen, dass meine Eltern etwa hätten ahnen können, dass ich in Katharina bis über beide Ohren und vielleicht noch ein wenig darüber hinaus verliebt war.

Als ich einige Augenblicke später wieder in meinem Zimmer saß und die Türe verschlossen hatte, dachte ich darüber nach, was Herrn Poltermann wohl geschehen war. Wie eine schwere Explosion in einer Chemiefabrik aussah und ob es unter allen Umständen die Möglichkeit gab, dass Herr Poltermann noch lebte.

Vielleicht, dachte ich, litt Herr Poltermann unter der gleichen Krankheit, unter der, den Gerüchten nach, auch Frau Kolkrabe gelitten hatte. Vielleicht durchtrieb Herrn Poltermann eine ungeheure Angst vor dem Zusammentreffen mit ihm unbekannten Menschen und er fristete ein bemitleidenswertes

Dasein innerhalb seiner vier Wände, weit weg von den Fenstern, damit ihn niemand sehen konnte. Oder Herr Poltermann lebte getrennt von seiner Familie und war aus völlig nachvollziehbaren Gründen in der Stadt wohnen geblieben, weil er unser Dorf mit all seinem Ratsch und Tratsch verabscheute wie auch ich es tat. Für den Fall aber, dachte ich weiter, dass Herr Poltermann tatsächlich nicht mehr lebte und Katharina folglich ohne Vater aufwuchs, wurde es höchste Zeit, dass ich ihr dabei half, ihre Fahrradschläuche zu flicken, den Zaun auszubessern oder die Gartenarbeit zu erledigen. Nur wie um alles in der Welt sollte ich ihr das sagen? Wie um alles in der Welt sollte ich ihr erklären, dass es mir das allerhöchste Vergnügen bereiten würde, ab sofort all die Aufgaben zu übernehmen, die eigentlich ihrem Vater zustünden?

Die Antwort auf diese Zweifel und Hinterfragungen lieferte zu meiner vollkommenen Überraschung und Verwunderung ein zunächst ganz gewöhnlich verlaufender Montag im Oktober, an dem eines der größten Wunder geschehen sollte, das mir bis dato widerfahren war. Einige Tage zuvor hatte ich beschlossen, dass ich es mir selbst zur Aufgabe machen würde, das Rätsel um den Verbleib und die Existenz von Herrn Poltermann zu lösen – nicht nur, um das Gemüt meiner Mutter zu beruhigen, deren Gesprächsthemen bei unseren Mittag- und Abendessen nun immer öfter um das Phänomen Poltermann kreisten, sondern in erster Linie, um Katharinas Lebenssituation besser einschätzen und damit eine maßgeschneiderte Strategie zur Eroberung ihrer Wenigkeit ausarbeiten zu können. Aber wie es mir charakterlich vom unlieben Herrgott mitgegeben war, hätte ich mir mit diesem Vorhaben sicherlich einige Wochen oder vielleicht sogar Monate Zeit gelassen – allenfalls mit der Durchführung – denn eine Eile beim Erledigen von Pflichten legte ich nur in den allerdringlichsten der dringlichen Fälle an den Tag. Und dass der Fall von Katharina Poltermann und ihrem Vater, Herrn Poltermann, zu einem ebensolchen avancierte, brachte unbequemerweise das Wunder mit sich, das sich an jenem Montag im Oktober ereignete und das mein Leben vollkommen auf den Kopf stellen sollte.

Gerade als der Schulgong der sechsten und damit letzten Unterrichtsstunde ertönte und die Schülerinnen und Schüler wie Ameisen in Scharen das Schulgebäude verließen, tippte mich Katharina mit ihrem linken Zeigefinger an meiner rechten Schulter an, während ich – wie gewöhnlich – als einer der Letzten mein Federmäppchen und meine Schulhefte hastig zusammenpackte.

„Du?", stupste sie mich an und ich drehte mich vor Aufregung knallrot anlaufend zu ihr hinüber.

„Hast du Lust, kommende Woche mal mit mir ein Eis zu essen?"

Ich erstarrte.

Unauffällig kniff ich mir mit den Fingernägeln von rechtem Daumen und Zeigefinger in den linken Handrücken und atmete beinahe ein wenig erleichtert auf, als ich einen scharfen Schmerz verspürte und infolgedessen sicherzugehen wagte, dass ich mich nicht in einer meiner tagtäglichen Träumereien wiederfand.

Dann atmete ich vorsichtig ein. Es war das erste Mal, dass ich Katharina ansah und es kein Geheimnis war, dass ich das tat. Es war das erste Mal, dass Katharina und ich uns über etwas unterhielten, das nichts mit Mathematik, Geografie oder Germanistik zu tun hatte. Und dann fragte sie mich ausgerechnet, ob ich mit ihr ein Eis essen wollte? Dann fragte sie mich ausgerechnet genau das, was sich meine Phantasie immer mühevoll zusammengeträumt hatte? Ich dachte, dass ich mich in jenem siebten Himmel befinden musste, von dem immer alle Verliebten redeten, wenn sie denn überhaupt einmal etwas redeten.

„Ja", stammelte ich schüchtern und wie betäubt zurück.

So musste es sich also anfühlen, dachte ich, wenn man Drogen konsumierte oder einen über den Durst getrunken hatte. Katharina erzählte etwas davon, dass ihre Mutter einige Tage unterwegs sei und sich das ja dann anböte, und erzählte etwas von Dienstreisen und einigen anderen Dingen, von denen ich nichts verstand oder von denen ich noch nie etwas gehört hatte. Ich hörte zu diesem Zeitpunkt allerdings längst nicht mehr hin. Ich hörte nur noch den Satz „Hast du Lust, kommende Woche mal mit mir ein Eis zu essen?". In meinem ganzen Leben – da war ich sicher – hatte ich noch keinen Satz gehört, der so schön klang wie der Satz „Hast du Lust, kommende Woche mal mit mir ein Eis zu essen?" – vor allem dann nicht, wenn er den Lippen von Katharina Poltermann entwich.

Nachdem Katharina anschließend den Klassenraum verlassen hatte und sich mit einigen anderen Mädchen aus meiner Klasse zu Fuß auf den Weg nach Hause machte, trottete ich freudig vor mich hin grinsend in Richtung Fahrradhof. Was war ich nur für ein Glückspilz, dachte ich und dachte weiter, dass es beinahe an der Grenze zur Unverschämtheit war, wenn man als einzelner Mensch ein derartiges Glück erfahren durfte wie ich es tat.

„Hast du Lust, kommende Woche mal mit mir ein Eis zu essen?", fuhr es mir wieder und wieder durch den Kopf. Der Satz brannte sich in meinem Gedächtnis fest wie sich bei einem kleinen Kind die ersten Worte, die es beim Versuch des Sprechenlernens zustande brachte, festbrannten.

„Hast du Lust, kommende Woche mal mit mir ein Eis zu essen…", brummelte ich immer und immer wieder vor mich hin.

Als ich mit dem Fahrrad am einhundertundzehn Jahre alten Kastanienbaum vorbei durch den Wald nach Hause strampelte, legte sich ob des körperlichen Kraftaufwands, den man beim Fahrradfahren aufzubringen hatte, meine innerliche Aufregung ein wenig und ich begann unmittelbar mit den Vorbereitungen, die ich im Hinblick auf unseren Ausflug in die Eisdiele zu treffen hatte. Eine Kugel Eis kostete in der Gelateria Palermo einen Euro und zehn Cent, was wiederum bedeutete, dass ein Eis mit vier Kugeln für Katharina vier Euro und vierzig Cent kostete – plus achtzig Cent Aufschlag für eine extra große Portion Schlagsahne. Fünf Euro und zwanzig Cent hatte ich folglich für Katharina Poltermanns Eiscreme zu berappen, es blieben vier Euro und achtzig Cent von den zehn Euro Taschengeld, die ich in meiner Spardose noch übrighatte. Dass ich selbst ein Eis mit weniger als vier Kugeln hätte essen können, stand nicht zur Debatte – zu groß wäre die Gefahr gewesen, Katharina damit in Verlegenheit zu bringen, was wiederum zur Folge gehabt hätte, dass sie unser Treffen womöglich nicht in vollen Zügen hätte genießen können, und das durfte ich unter keinen Umständen riskieren. Stattdessen dachte ich, wäre es wohl die beste Idee, ebenso wie Katharina ein Waffeleis mit vier Kugeln zu bestellen, das wie bei Katharina vier Euro und vierzig Cent kosten würde, aber auf die Extraportion Schlagsahne zu verzichten. Damit hätte ich nach unserem Treffen noch immer vierzig Cent Taschengeld in meiner Spardose und Katharina um jede Möglichkeit potenzieller Verlegenheit gebracht. Ich würde ihr erzählen, ich litt seit meiner Geburt an einer besonders aggressiven und unheilbaren Form von Schlagsahneallergie und daher ergäbe sich für mich gar nicht die Möglichkeit, meine Eiswaffel mit Sahne zu verfeinern. Dass diese Notlüge für die Zukunft das Potential mit sich brachte, dass ich in meinem weiteren Leben an der Seite von Katharina sonntags am Kaffeetisch niemals auch nur einen kleinen Teelöffel mit Schlagsahne serviert bekam, war mir zwar augenblicklich bewusst, ich beschloss allerdings, mich mit den Folgen meiner Notlüge an diesem Tag, der zu den schönsten und besten meines gesamten Lebens gehörte, nicht weiter zu beschäftigen.

Es war vierzehn Uhr elf, als ich das Gartentor erreichte und mein Fahrrad absperrte, was bedeutete, dass ich vier Minuten und achtunddreißig Sekunden verspätet zu Hause eintraf. An normalen Tagen hätte das zur Folge gehabt, dass ich nachmittags mit dem Fahrrad ein Extratraining auf dem geschwungenen Bürgersteig am Flussufer, unweit des einhundertundzehn Jahre alten Kastanienbaums einzuschieben hatte, um meine Fahrtzeit und Ausdauer wieder auf Normalniveau zu heben, aber an diesem Montag im Oktober hatte ich keine Lust auf Fahrradfahren, Motorbootfahren oder andere Alltäglichkeiten. Ich befand, dass es mehr als angemessen war, einem Tag, an dem ein Wunder passierte, eine besondere Bedeutung einzuräumen, und beschloss, mich den restlichen Nachmittag voll und ganz meinen Tagträumereien hinzugeben und vom Montag in einer Woche zu phantasieren, an dem ich endlich am Ziel meiner Träume sein und mit Katharina Poltermann in der Gelateria Palermo ein Waffeleis mit vier Kugeln und einer Portion Schlagsahne für Katharina essen würde. An dem ich mit ihr auf der steinernen Uferbank unweit des einhundertundzehn Jahre alten Kastanienbaums sitzen und ihr meine Geschichten erzählen würde, von der Schifffahrt, vom Motorradrennsport, von unserem Dorf. Und Katharina würde mir staunend und lachend zuhören und sich denken, was für einem genialischen, charismatischen jungen Mann sie da gerade gegenübersäße, den sie einmal würde heiraten müssen, weil sie nie wieder in ihrem Leben auch nur einen ansatzweise so unterhaltsamen, zuvorkommenden und durch und durch kurzweiligen jungen Mann treffen würde. Sie würde an all die Kosmopoliten denken, die ihr in ihrem bisherigen Leben in der Stadt begegnet waren, an vorzügliche Geschäftsleute und deren Kinder, aber kein Mann, kein Junge, würde mir das Wasser reichen können. Da war ich absolut sicher!

Ich lag auf meinem Bett, die Beine leicht übereinandergelegt und die Handflächen beider Hände als Kopfkissen geformt, stierte an die mit Holzplanken verzierte, vom Dach schräge Deckenwand und träumte vor mich hin. Ich träumte, dass ich mich mit Katharina am Fuße der steinernen Brücke treffen würde, denn sie zu Hause abzuholen barg das völlig unkalkulierbare Risiko, dass meine Mutter oder mein Vater mich eventuell würden beobachten können, wenn ich mich durch die Buchsbaumhecke zu ihrer Haustüre schlich; ich stellte mir vor, wie ich ihr auf dem Weg in die Eisdiele die Geschichten vom Portraitmaler Kolkrabe erzählen würde und wie sie mich dabei unentwegt ansehen und begeistert zuhören würde. Dann, dachte ich, würde sie mir aus ihrem Leben erzählen, von der Stadt und den Städterinnen und Städtern, von den Kosmopoliten dieser Welt, von denen sie umgeben war, bevor sie in unser Dorf gezogen war, von ihrer Mutter, die auf Dienstreise in fernen Ländern weilte, wie es die Besatzung meines Katamarans auf dem Polarmeer tat, und ich würde begeistert zuhören und mir jedes Detail merken, um sie in späteren Gesprächen mit meiner Aufmerksamkeit zu beeindrucken.

Und dann dachte ich – und ich frage mich bis heute, warum ich ausgerechnet an diesem Tag daran dachte – an die Märchen und an das Geschwätz von und über Katharinas Vater, Herrn Poltermann. Was, wenn Katharina mir von ihrem Vater erzählte? Was, wenn ich versehentlich ein Gesprächsthema anschnitt, das einen großen Nervenzusammenbruch in ihr auslöste, weil sie dabei etwas mit ihrem Vater assoziierte oder eine lähmende Schockstarre, die das Eis schmelzen und zu Boden tropfen ließe? Was, wenn das Phänomen Herr Poltermann dafür Sorge tragen würde, dass Katharina unser Treffen nicht vollkommen genießen können würde, obwohl ich wie sie ein Waffeleis mit vier Kugeln essen und nur auf die Schlagsahne verzichten würde, weil ich an einer unheilbaren Allergie litt?

Ich streckte beide Beine gen Dachschräge empor, atmete tief durch und realisierte dann zu meinem eigenen Verdruss, dass es keine Alternative dazu gab, als das Rätsel um Herrn Poltermann in den verbleibenden sieben Tagen zu lösen. Nun, um genau zu sein, verblieben nicht einmal mehr ganz sieben Tage.

Der Digitalwecker auf meinem Nachttisch zeigte 17:11 Uhr. Wenn Katharina und ich uns also am kommenden Montag um halb Drei am Fuße der Brücke treffen würden, wie ich das geplant hatte, dann blieben mir genau genommen noch sechs Tage, einundzwanzig Stunden und neunzehn Minuten, um sowohl Existenz als auch Erscheinung von Herrn Poltermann in vollem Umfang zu beweisen.

Mit meinem Vorhaben, Herrn Poltermann der Existenz zu überführen, begann ich noch am selben Montagabend um kurz nach acht Uhr mit Beendigung des Abendbrotes. Ich hatte meinen Späh-Sitz am hinteren Ende des Garagendachs ausgemacht, wo mir der Nussbaum, der zwischen unserem und dem Poltermannschen Haus inmitten der Buchshecke erwachsen war, ausreichend Tarnung bot und ich dennoch optimale Sicht auf die Haustüre von Katharinas Familie hatte. Mit Fernglas und Notizblock bewaffnet ließ ich mich vom Dielenfenster hinab auf das Dach, auf das Kieselsteine aufgeschichtet waren, und nahm meine Position ein. Das Fenster zog ich mit einem Stück Paketschnur von außen zu, damit niemand und am allerwenigsten meine Eltern etwas bemerken würden. Auf meiner Armbanduhr stellte ich einen Wecker auf neun Uhr zweiundfünfzig, und damit exakt acht Minuten bevor ich wieder in meinem Zimmer zu liegen hatte, weil meine Mutter die allabendliche Bettruhe zu kontrollieren vermochte. Zunächst wurde es zunehmend düster, die Schatten des Poltermannschen Hauses und des Nussbaums wuchsen langsam in der Herbstdämmerung und ich erhöhte mit den fallenden Abendtemperaturen die Anzahl der tatsächlich geschlossenen Knöpfe meiner Kapuzenjacke von acht auf neun, wobei elf das potentielle Maximum waren.

Bis sich etwas regte, vergingen weitere Minuten und die Nacht hatte endgültig begonnen. Dann fuhr ich auf.

Einen guten halben Meter neben mir auf dem Garagendach erschien urplötzlich in meinem rechten Augenwinkel eine schwarze Silhouette. Vorsichtig drehte ich mich nach rechts und glotzte dem sich nähernden, unförmigen Etwas entgegen, ohne ihm dabei direkt in die Augen zu sehen. In einem Buch über Braunbären hatte ich gelernt, dass Wildtiere, die einem Menschen gefährlich nahekommen, am besten dadurch zu vertreiben wären, dass man sich groß vor ihnen aufbaute und sie mit lautem Geschrei oder Geklatsche zur sofortigen Flucht bewegte, aber niemals den Augenkontakt zu ihnen suchen durfte. Da sich Beschattungsmissionen, von denen niemand und am allerwenigsten die eigenen Eltern etwas mitbekommen durften, mit Geschrei oder Geklatsche denkbar schlecht vereinbaren ließen, entschloss ich mich, lediglich einem Teil der vom Autoren oder der Autorin des Braunbärbuchs ausgearbeiteten Verteidigungsstrategie zu folgen und stand auf. Doch das unförmige Tier reagierte nicht auf meine Bewegungen. Ohne Furcht trottete es auf mich zu, wich etwa einen Meter nach links aus und ließ sich dann mit Einbehalt eines kleineren Sicherheitsabstandes direkt neben mir nieder. Ich dachte, dass es an eine bodenlose Unverschämtheit grenzte, was sich dieses mir doch so deutlich unterwachsene Geschöpf erdreistete, indem es neben Platz nahm. Nach genauerem Hinsehen wagte ich zu erahnen, dass es sich um den pechschwarzen Kater von Frau Luber handeln musste, der auf den widerspenstigen und urkomischen Vornamen „Beethoven" hörte und vor nichts und niemandem Halt machte, wenn ihm der Sinn nach Rauferei und Tollen stand. Beethoven war zu seinem Namen durch seinen nicht besonders ausgeprägten Gehörsinn gekommen, wobei meine Mutter stets die Meinung vertrat, er höre sehr wohl das, was er denn hören wollte, aber nur sehr schlecht das, was ihm egal oder ungelegen war, wobei sie hierbei stets zu ergänzen wusste, dass dies ja auch beim echten Beethoven gut und gerne der Fall hätte sein können, was wiederum zu bedeuten hätte, dass ihre Herkunftserklärung des Katernamens keineswegs als Namensdiffamierung oder Verunglimpfung zu verstehen war. Überhaupt, was man von Frau Luber auch zu halten vermochte, im Benennen ihrer Haus- und Hoftiere erwies sie sich als phantastisch kreativ. Ein Rabe etwa, den sie einmal am Fuße der Brücke gefunden, als Jungvogel wieder aufgepäppelt hatte und dessen linker Flügel kläglich verkümmert aus dem Rumpfe ragte, hörte seither beispielsweise auf den Namen „SPD".

Zu meinem Glück war der Kater Beethoven an jenem Abend außerordentlich konzentriert damit beschäftigt, einen erbeuteten Großvogel, dessen Silhouette in Kombination mit dem rundlich-dicken Körper des Katers der Grund für die unförmige Erscheinung des Gesamtwesens war, nach allen Regeln der Kunst zu zerrupfen und zu zerteilen, und ich dachte, es könnte womöglich der Graureiher gewesen sein, der vor einigen Monaten oder Jahren, so genau weiß ich das nicht mehr, dafür verantwortlich gewesen war, dass ich mich in die frierend kalten Fluten des Flusses stürzen musste. Nun, um ehrlich zu sein, es war zu dunkel, um zu erkennen, ob es sich bei besagtem Kadaver um einen Reiher, einen Storch oder ein anderes gefedertes Mistvieh handelte, aber ich stellte mir vor, es wäre der Reiher von damals gewesen und nickte dem Kater Beethoven anerkennend zu.

Dann widmete ich mich wieder meinem Vorhaben, Herrn Poltermann der Existenz zu überführen, griff zum Fernglas und richtete meinen Blick gen Haustüre der Poltermanns.

Nach exakt zweiundzwanzig Minuten und damit nur einer guten Drittelstunde des weiteren Wartens, was für Beschattungsmissionen meiner unerfahrenen Einschätzung nach eine unterdurchschnittlich kurze Zeitspanne war, nahm meine Mission eine unerwartete Wendung. Zunächst erkannte ich durch das schmale Fenster der Haustüre, dass im Vorraum der Poltermanns jemand das Licht anknipste. Dezent gelblich flackernde Lichtschimmer fielen durch die vergitterte Öffnung ins Freie, kurz darauf öffnete sich die Türe selbst und Katharina betrat den Vorgarten. Verwundert spähte ich ihr durch die Linsen meines Fernglases hinterher. Sie war in eine rote Steppjacke mit Fellkragen gekleidet, an ihren Füßen prangten imposante Lederstiefel mit leicht reflektierender Beschichtung an den hinteren Fersenenden. Am Kopf trug Katharina eine interessant gewölbte Mütze, deren Farbe im dünnen Schimmerlicht der durchscheinenden Vorraumlampe zu einer Mischung aus dunkelgrün, grau und braun verschwamm. Die interessante Wölbung der Mütze ließ mich trotz widrigster Sichtverhältnisse zu dem Schluss kommen, dass es sich mit allergrößter Wahrscheinlichkeit um eine so genannte Baskenmütze handelte, die ihren Ursprung übrigens keineswegs im Baskenland, wie der Name vielleicht irreführend vermuten lässt, sondern in den benachbarten Pyrenäen hatte. Das jedenfalls war mir durch irgendeine Quizsendung im Fernsehen, die ich vor einigen Jahren einmal gesehen hatte, im Gedächtnis geblieben.

„Donnerwetter", flüsterte ich vor mich hin und staunte nicht schlecht darüber, dass Katharina ganz offensichtlich dazu befugt war, nach acht Uhr abends das Haus zu verlassen und alleine durchs Dorf zu ziehen. Als ich mich im Selbstmitleid dieser Ungerechtigkeit zu suhlen begann, weil ich selbiges eben nicht durfte, und Katharina beinahe das Gartentürchen erreicht hatte, vernahm ich ein dumpfes Klopfen. Es kam aus Richtung der Haustüre der Poltermanns.

Ein weiches, gleichmäßiges Klopfen, nein, was rede ich da, es war vielmehr ein Knarzgeräusch – ähnlich dem alter Holzdielen, über die man lief – ein witterungsbedingtes Knarren, das beinahe im Takt eines gleichmäßig dahinlaufenden Metronoms vor sich hin klackerte. Ich lugte für einen Moment in Richtung Haustüre, wohlwissend, dass ich meinen Blick nicht zu lange von Katharina abwenden durfte, denn zu groß wäre dann das Risiko gewesen, ihre im fahlen Schwarz der Nacht immer dunkler werdende Silhouette, trotz Stiefelreflektoren, aus den Augen zu verlieren.

Dann bewegte sich plötzlich etwas am Haus. Zentimeter um Zentimeter öffnete sich die Haustüre der Poltermanns und der Lichtstrahl, der von innen nach draußen drang, wurde stetig größer und diffuser, ähnlich der früh morgens aufgehenden Sonne, die ihre ersten Strahlen in die Welt hineinträgt und dann alles mehr und mehr durchleuchtet und erwärmt.

Ein mächtiges, tierhaftes Keuchen durchstieß die noch immer andauernden Knarzlaute der Haustüre und vermengte sich in meinen Ohren auf sonderbarste Weise mit dem Vogelknochenknacken, das der Kater Beethoven bei seinem Federfestschmaus verursachte, zu einer beinahe, ihrer Absurdität wegen, bedrohlich wirkenden Geräuschkulisse.

Eine schmale, groß gewachsene, menschliche Silhouette drang schließlich durch den entstandenen Spalt der geöffneten Haustüre.

Ein langer Mantel mit auffällig schillernder Gürtelschnalle zierte das Haupt der Gestalt. Am Kopf trug sie eine tief ins Gesicht gezogene Wollmütze, die so groß war, dass man mit angehender Sicherheit behaupten konnte, unter ihr müsse sich ein Mensch mit ganz außerordentlichem Haarwuchs verborgen haben, und um den Hals herum war ein dicker Schal gewickelt, dessen Enden beinahe bis zu den Kniekehlen der Silhouette hinabbaumelten.

„Das gibt's ja nicht", durchfuhr es mich und ich konnte nicht anders als die dünne Silhouette, die sich hinkend in Richtung Katharina zum Gartentor bewegte, mit offenen Mundwinkeln anzustarren. Ja, es war wie verhext. Selbst wenn ich wegschauen hätte wollen, mein innerer Instinkt, mein Drang nach Sensation verwehrte es mir nach allen Kräften und bündelte meinen Blick auf das dahinhinkende Schattenwesen. Erst auf den zweiten, oder vielmehr den dritten, vierten oder vielleicht sogar fünfundzwanzigsten Blick erkannte ich in der linken Hand des Unbekannten einen Gehstock, den ich augenblicklich als Ursache für das klappernde Knarzen, das bis vor einigen

Momenten von der Haustüre der Poltermanns zu hören war, auszumachen wusste. Und erst da wurde mir klar: Ich hatte es tatsächlich geschafft, Herrn Poltermann am ersten Tag meiner Beschattungsmission der Existenz zu überführen. Daran, dass es sich bei der unbekannten Person auch um einen anderen Menschen als Herrn Poltermann, etwa den Großvater Poltermann, einen fernen Verwandten Katharinas oder gar deren Onkel, handeln hätte können, stand für mich außer Frage. Zu vernichtend waren die Details von Herrn Poltermanns Erscheinung, die unmissverständlich darauf schließen ließen, dass es sich tatsächlich um Katharinas Vater handeln musste.

Der Gehstock, dachte ich, resultierte ohne Zweifel aus dem schrecklichen Unfall in der Chemiefabrik, den Herr Poltermann durchleiden musste, und den auch sonst zerbrechlich wirkenden Körper des Mannes machte ich als Resultat der schädlichen Gifte und Dämpfe, die Herr Poltermann bei seinen Arbeiten in der Fabrik eingeatmet hatte, aus.

Ein Tropfen der Wehmut blieb zunächst trotzdem. Denn wäre der Herbst die Jahreszeit, in der die Tage am längsten und die Nächte am kürzesten sind – wie es in unseren Breiten im Sommer der Fall ist – ich wäre mit all meinen Vorbereitungen für mein Treffen mit Katharina am Ende gewesen und hätte unverzüglich in mein Zimmer zurückkehren und voller Beruhigung zu Bett gehen können. Leider aber kam alles ganz anders.

Herr Poltermann hatte beim Verlassen des Hauses, wie hätte er es auch vergessen können, unglücklicherweise daran gedacht, das Licht im Vorraum auszuknipsen, denn das Licht nicht auszuknipsen gehörte meiner Beobachtung nach zu den Dingen, die Erwachsene niemals vergaßen. So sehr ich mich auch bemühte, mit meinem Fernglas die leuchtenden Stiefelreflektoren an Katharinas Fersen nicht aus den Augen zu verlieren, es blieb mir nichts, außer nach einigen Augenblicken zu der Beobachtung zu gelangen, dass auch die besten Reflektoren bei vollkommenem Ausbleiben von Lichteinfall nichts zu

bewirken vermochten. Katharina und ihr Vater, Herr Poltermann, verschwanden zu meiner Enttäuschung im unendlich
fahlen Nichts der nächtlichen Dunkelheit.

Fluchend drehte ich mich in Richtung des Katers Beethoven,
leuchtete ihn mit der kleinen Taschenlampe an, die am Karabi-
nerhaken hing, an dem auch das Fernglas befestigt war, und
stellte voller Erstaunen fest, dass er den zerrupften Graureiher
in der Zwischenzeit beinahe bis auf die Knochen verzehrt hatte,
was eine nicht zu unterschätzende Leistung war, wenn man be-
dachte, dass der Reiher meines Augenmaßes nach zu urteilen
etwa genau so viel wog wie der Kater Beethoven selbst. Wenn
ein Kater einen kompletten Graureiher fraß, dann entsprach
das, so dachte ich, etwa einem Menschen, der ein komplettes
Reh oder ein komplettes Wildschwein verdrückte; und so einen
Menschen hatte ich in meinen nunmehr schon annähernd elf
oder zwölf Lebensjahren, so genau erinnere ich mich nicht
mehr, noch nicht ein einziges Mal angetroffen. Auszunehmen
hiervon waren einige Asterixhefte, die ich gelesen hatte, aber
dass die nicht der Realität entsprachen, wusste schließlich jedes
Kind. Und wenn es tatsächlich einen Menschen auf dieser Welt
gab, der ein ganzes Wildschwein oder ein ganzes Reh auf einmal verzehren konnte, so dachte ich weiter, dann war mit an
Sicherheit grenzender Warhscheinlichkeit davon auszugehen,
dass sich dieser Mensch in den darauffolgenden Stunden der
vollkommenen Überfressenheit wegen nicht von seinem Stuhl
hätte erheben können, geschweige denn auch nur einige
Schritte zu gehen im Stande gewesen wäre. Bei Frau Lubers Kater Beethoven, der sicherlich ein wohlgenährtes, aber keineswegs adipös überfressenes Raubtier war, verhielt sich das mit
der Agilität überraschenderweise ganz anders. Geschickt ba-
lancierte er nach einigen Momenten des Innehaltens mit Leich-
tigkeit die Regenrinne entlang und kletterte über die Äste des
Nussbaums hinab auf den Boden, um anschließend Katharina

und Herrn Poltermann in die Unsichtbarkeit der nächtlichen Dunkelheit zu folgen.

Was war der liebe Gott für ein böswilliges Wesen, dachte ich empört, dass er Katzen nicht nur mit der Fähigkeit ausgestattet hatte, sich ganz offensichtlich mühelos und scheinbar folgenlos nach allen Regeln der Kunst zu überfressen, sondern auch mit der Fähigkeit im Dunkeln sehen zu können und Menschen, wie ich einer war, diesen Blick auf die Welt verwehrte, obwohl sie ihn in Situationen wie der, in der ich mich befand, am allerdringlichsten benötigt hätten. Aber auch diesmal würde ich mich nicht ohne Kampf meinem gottgewollten Schicksal ergeben. Ich würde mir ein Nachtsichtgerät wie die Jäger, die im Wald auf Beutezug gingen, welche besaßen, organisieren und dann in den kommenden Nächten weiter auf Beobachtungsmission gehen und herausfinden, was das nächtliche Ziel von Katharina Poltermann und ihrem Vater, Herrn Poltermann, wohl gewesen war. Ich würde noch in dieser Woche Antwort auf die letzten offenen Fragen, die die Existenz von Herrn Poltermann betrafen, liefern und Katharina am Montag in einer Woche mit meinem dadurch gewonnenen Hintergrundwissen und der daraus resultierenden noch größeren Aufmerksamkeit nachhaltig beeindrucken. Hastig schlug ich mir voller Tatendrang zweimal mit der linken Faust auf den linken Oberschenkel, packte meine Sachen zusammen und kletterte bereits um einundzwanzig Uhr vierunddreißig, und damit exakt achtzehn Minuten bevor der Wecker meiner Uhr zu erschallen wagte, durch das Dielenfenster zurück ins Haus. Als meine Mutter um zehn Uhr schließlich kontrollierte, ob ich ordnungsgemäß in meinem Bett lag, hatte sie nicht den Hauch einer Ahnung, dass ich soeben das vielleicht größte Mysterium unserer Nachbarschaft entlarvt hatte und im Gegensatz zu ihr und allen anderen wusste, dass Herr Poltermann tatsächlich existierte. Der Gedanke daran, etwas zu wissen, was meine Mutter nicht wusste, aber unbedingt wissen wollte, brachte mir beste Laune. Denn wann wusste man schon über etwas so Grundlegendes wie über die Existenz von Herrn Poltermann Bescheid, das die eigene Mutter nicht einmal hätte erahnen können. Ich gluckerte einige Male vergnügt in mein Kissen hinein, ehe ich schließlich einschlief und für einige Stunden in der Unendlichkeit meiner Träume verschwand – so wie Katharina Poltermann, ihr Vater und der Kater Beethoven vor einigen Momenten in der Unendlichkeit der nächtlichen Dunkelheit verschwunden waren...

Es vergingen zwei Tage, die ich mit dem Versuch zubrachte, ein Nachtsichtgerät zu organisieren. Dem örtlichen Jägerverband hatte ich erzählt, meine Biologielehrerin hätte mir die Aufgabe anvertraut, für ein Klassenprojekt das Verhalten der Graureiher am Fluss bei Nacht zu beobachten und anschließend in einer Feldstudie zu dokumentieren. Meiner Biologielehrerin wiederum hatte ich erzählt, der Jägerverband hätte mich zu ihr geschickt, um ein Nachtsichtgerät auszuleihen, weil die eigenen seit einiger Zeit kaputt wären und in den Wäldern rund um unser Dorf eine schreckliche Plage des Fuchsbandwurms ausgebrochen war, die es schnellstmöglich zu beseitigen galt. Aber es half alles nichts. Was auch immer ich den Leuten erzählte, wie akribisch ich meine durchaus authentisch vorgetragenen Notlügen auch vorbereitet hatte, man glaubte mir nicht.

Meiner Mission sollte das keinen Abbruch tun. Von einer dunklen Vorahnung durchtrieben, die ich mir nicht einzugestehen wagte, beschloss ich am frühen Mittwochnachmittag, nach Ertönen des finalen Schulgongs, mich nach anderweitigen Möglichkeiten umzusehen, die es mir erlaubten, meine Mission auch ohne Zuhilfenahme eines Nachtsichtgeräts zu vollenden. Ich dachte, dass es ein Peinlichstes wäre, wenn sich ein genialer Detektiv wie ich einer war, von der Tatsache hätte aus der Bahn werfen lassen, dass ihm der örtliche Jägerverband und die unflätige Biologielehrerin das Ausleihen eines Nachtsichtgerätes verwehrten.

Stattdessen verließ ich mich erneut auf die Beschaffenheit des einhundertundzehn Jahre alten Kastanienbaums unweit der steinernen Brücke, der sich im Herbst aufgrund seines pastellfarbenen gelben, orangenen, roten und braunen Laubs ganz ausgezeichnet als Beschattungsbaum anbot und in dem ich – in eine weinrote Jacke und braune Hose gekleidet – nahezu gänzlich mit dem Laub verschmelzen würde. Einen weiteren Vorteil brachte der strategisch äußerst vorteilhafte Standort des Baumes mit sich. Freilich hatte ich zu befürchten, dass Katharina und ihr Vater, Herr Poltermann, den Waldweg zum Fluss hinunter bei Dunkelheit schmähten und stattdessen lediglich ein paar Mal um den Block spazierten, und überhaupt, ich wusste ja nicht, ob der abendliche Spaziergang der Poltermanns eine Ausnahme oder ein alltägliches Ritual darstellte, für den Fall aber, dass sie sich regelmäßig hinab trauten, würde ich sie dort mit Sicherheit zu Gesicht bekommen. Das lag zum einen daran, dass alle Wege, die vom südlichen Teil des Dorfes gen steinerne Brücke führten, unweit des einhundertundzehn Jahre alten Kastanienbaums zusammenliefen und zum anderen daran, dass an den Geländerplanken der Brücke Straßenlaternen angebracht waren, deren Glühdrähte während der Abenddämmerung und in der Nacht zuverlässig für ausreichend Licht sorgten, um die nähere Umgebung des Baumes in all ihrer Detailgetreue zu beobachten. Für den Fall also, dass Katharina und ihr Vater, Herr Poltermann, in den kommenden Tagen tatsächlich erneut abends eine Runde Spazieren gingen und meine Beobachtung am vergangenen Montag kein außerordentlich glücklicher Zufallstreffer gewesen war, wähnte ich mich unterhalb der Blätterkrone des einhundertundzehn Jahre alten Kastanienbaums am im ganzen Dorf vielversprechendsten Platz, um meine Mission fortzusetzen.

Was ich zunächst nicht bedacht hatte, war, dass ich einerseits zuerst erneut aus dem Dielenfenster schleichen und mich dann vom Garagendach hinabhangeln musste und andererseits selbst mit dem Fahrrad durch den geschnörkelten Waldweg bei vollkommener Dunkelheit ins Tal hinab zu fahren hatte. Zu meiner eigenen Beruhigung tröstete ich mich mit dem Gedanken, dass mein Fahrrad alle Anforderungen erfüllte, um das Prädikat „verkehrssicher" zu tragen und somit auch ein einwandfrei funktionsfähiges Licht mit Dynamo besaß, das mir den Weg durch den Wald schon würde weisen werden, wenn ich nur gut genug auf die wurzelbedingten Unebenheiten des Schotterwegs achtete.

Als die Dämmerung am folgenden Tag einbrach, befand ich mich in den finalen Vorbereitungen für meine neuerliche nächtliche Beschattungsmission im Kastanienbaum, wobei mir sehr wohl bewusst war, dass es mit hoher Wahrscheinlichkeit passieren konnte, dass mich auch an den kommenden Abenden ein ähnliches Procedere erwartete. Erstens, weil die physikalische Eigenheit der Zeit nun einmal mit sich brachte, dass die Minuten zwischen acht und zehn Uhr auf exakt einhundertundzwanzig begrenzt waren und etwa vierunddreißig davon für meinen Hin- und Rückweg verlorengehen sollten; zweitens, weil es keineswegs sicher war, dass Katharina und ihr Vater, Herr Poltermann, jeden Abend Spazieren gingen und drittens, weil ich nicht wusste, ob sie mutig genug waren, um nachts bei vollkommener Dunkelheit durch den Wald ins Tal zu spazieren. Ich stopfte eine Flasche Wasser und das Fernglas, mit dem ich die Poltermanns schon am Montag vom Garagendach aus beobachtet hatte, in meinen Rucksack und hangelte mich klammheimlich aus dem Dielenfenster, während meine Eltern den Abwasch erledigten und ich mich zum abendlichen Lesen zurückzog – ich gab vor, mich mit dem Götz von Berlichingen zu beschäftigen, was ein gefährliches Unterfangen war, weil es das Lieblingsbuch meiner Mutter war und ich so Gefahr lief, im Falle einer unangekündigten Inhaltsabfrage ins offene Messer zu laufen, aber wenn ich den Götz von Berlichingen las, wusste ich, würde meine Mutter mich in Ruhe lassen. Unten angekommen schloss ich so leise wie möglich mein Fahrrad auf, das ich extra in der Tarnung eines Buchsbusches unauffällig am Gartenzaun abgeschlossen hatte, schob es auf Zehenspitzen tippelnd einige Meter den Gehsteig entlang, schwang mich dann nahezu lautlos über den gelbblauen Rahmen und strampelte los. Ich fuhr durch den Wald zur Talsenke hinab in die Dunkelheit der Nacht hinein in Richtung des einhundertundzehn Jahre alten Kastanienbaums, wo ich auf Katharina und den geheimnisvollen Schatten von Herrn Poltermann warten würde. Und so, dachte ich, würde ich es nun Abend für Abend praktizieren, ob es regnete, hagelte oder gewitterte, ich würde im einhundertundzehn Jahre alten Kastanienbaum sitzen, in den auch in den letzten gut einhundert Jahren kein Blitz eingeschlagen war, und hoffen, dass das so blieb, und dabei auf die Ankunft der Poltermanns warten.

Zu meiner Verwunderung musste ich feststellen, dass auch die hellste aller Fahrradlampen denkbar wenig gegen die vollkommene Dunkelheit des Waldes ausrichten konnte. Meine Sicht nach vorne betrug kaum zwei Meter weit und ich musste mein Tempo merklich reduzieren, um nicht Gefahr zu laufen, eine der unzähligen Wurzelflechten, deren Netz sich quer über den Weg wie ein riesiges Spinnennetz spannte, zu übersehen und dann über den Lenker nach vorne zu fallen. Das hätte mit allerhöchster Wahrscheinlichkeit eine immerhin äußere Verletzung zur Folge gehabt, die mich vor meiner Mutter in höchste Erklärungsnot gebracht hätte, und im schlimmsten Falle einen Knochenbruch oder die vollkommene Bewusstlosigkeit, die mich in der Dunkelheit der Nacht elendig im Wald verenden hätte lassen können. Ich dachte, dass mich die Wildschweine zu Tode trampeln würden, dass ein Rudel Wölfe vorbeikommen würde und mich bei lebendigem Leibe in Stücke zu reißen gedächte – obwohl ich natürlich wusste, dass es Wölfe in unseren Breiten schon seit geraumer Zeit nicht mehr gab, aber das machte nichts. Nur weil sie kein Mensch gesehen hatte, hieß das ja nicht, dass es im Wald keine Wölfe mehr gab. Schließlich hatte ich auch noch keinen Rothirsch gesehen und ich fuhr mittlerweile seit nunmehr fast fünf Jahren mit dem Fahrrad nahezu täglich durch den Wald und Rothirsche waren laut dem örtlichen Jägerverband nicht einmal ansatzweise vom Aussterben bedroht. Auch wenn man daraus hätte schlussfolgern können, dass Rothirsche eine außerordentliche Begabung im Versteckspiel hatten, die dem Talent des menschlichen Aufspürens weit überlegen war, hatte ich mich mit dem Gedanken, dass der Mensch ja gar nicht wissen konnte, was im Wald so alles lebte und sich versteckte, zunehmend anfreunden können. Denn Dinge, die ich mir einredete, glaubte ich zu dieser Zeit noch mit beeindruckender Sicherheit.

Die schlimmste aller schlimmen potenziellen Folgen aber, die ein Knochenbruch oder die Bewusstlosigkeit als Folge eines nächtlichen Fahrradwurzelsturzes hätte mit sich bringen können, war, dass mich Katharina Poltermann und ihr Vater, Herr Poltermann, beim nächtlichen Spaziergang durch den Wald schwer verletzt am Boden hätten auffinden können. Und diese Pein galt es unter allen Umständen zu vermeiden. Lieber, da war ich sicher, hätte mich der Tod holen sollen!

Da ich aber ein geübter Fahrradfahrer war, der auch unter widrigsten Bedingungen sicher im Sattel saß, passierte ich die Strecke durch den Wald auch in der nächtlichen Dunkelheit unfallfrei. Außer eines kleinen Igels, der sich an Ort und Stelle zusammengekauert hatte, als das Licht des kümmerlichen Flimmerkegels meines Scheinwerfers auf sein Gesicht traf, war ich keinen Tieren begegnet und als ich schließlich die Talsenke erreicht hatte und in der Ferne bereits das Licht der Straßenlaternen der steinernen Brücke erahnen konnte, plätscherte das im Mondlicht funkelnde Wasser friedlich vor sich hin.

Nach einigen Minuten am Fluss entlang hatte ich schließlich den Fuß des einhundertundzehn Jahre alten Kastanienbaums erreicht. Ich versteckte mein Fahrrad ein paar Meter entfernt in einem verwilderten Grünstreifen, der mit hohen Gräsern bewachsen war und mein Rad so trotz neonfarbener Lackierung nahezu vollkommen im nachtdunklen Schwarzgrün verschlang, zog die Riemen meines Rucksacks etwas straffer und kletterte den Baum hinauf. Verzweigung um Verzweigung hangelte ich mich empor. Zu meiner Verwunderung musste ich feststellen, dass das Klettern am Tage wenig mit dem in der Nacht gemein hatte. Die Rinde des Baumes, in der man tagsüber zahlreiche Kerben und knöcherne Verwucherungen als Kletterhilfen vorfand, verschwamm in der Dunkelheit zu einem breiten, pechschwarzen Band. Und wäre ich nicht bereits unzählige Male auf den alten Baum geklettert, vermutlich wäre ich hinuntergefallen, hätte mich verletzt und meine Mission mit sofortiger Wirkung beenden müssen. Aber die Kerben und Ausbuchtungen in der Rinde des einhundertundzehn Jahre alten Kastanienbaums hatten sich Mal um Mal, das ich den Baum erklommen hatte, in mein Gedächtnis gebrannt und es fiel mir auch inmitten der nächtlichen Dunkelheit nicht besonders schwer, die Äste emporzuklettern und besonders anspruchsvolle Stellen mit allergrößter Genauigkeit zu antizipieren.

In einer weit aufgefächerten Astgabel, die mir einen nahezu vollumfänglichen Blick auf die vielen Wege, die sich unweit der steinernen Brücke bündelten, ermöglichte, setzte ich mich vorsichtig auf das leicht feuchte Geäst und umklammerte mit beiden Händen eng den mächtigen Baumstamm. Als ich meinen Kopf ein wenig nach links um den Stamm herumdrehte, um zu sehen, was auf der steinernen Brücke vor sich ging, entfuhr mir ein leiser Ächz-Laut. Weit über dem Scheitelpunkt war der schwarze Umriss eines in dicke Kleidung gehüllten Mannes zu erkennen, der am halblinken Rand der Brücke saß und unentwegt auf ein Konstrukt starrte, das in der nächtlichen Dunkelheit nicht näher zu beschreiben war als durch das Abbild einer dünnen, stabförmigen Silhouette.

Aber was war das für ein Gebilde, für ein Gerüst, auf das die Person da starrte? Das in seine nächtlichen Konturen verhüllte Konstrukt entsprach etwa dem Abbild einer kleinen Rakete, die zum Abschuss bereit in ihrer Vorrichtung verharrte und auf die Startfreigabe wartete. Nur wer um alles in der Welt sollte sich in unserem Dorf nachts an Raketentechnik versuchen, geschweige denn ein solches Konstrukt inmitten der nächtlichen Ruhe in den Himmel zu schießen wagen? Ich schüttelte den Kopf. Oder wurde ich von der nächtlichen Perspektive getäuscht und das sonderbare Gebilde war von ganz anderer Beschaffenheit als es seine Konturen verraten ließen? Vorsichtig löste ich meine linke Hand vom Baumstamm, streifte mir den Rucksack über die Schulter und kramte nach meinem Fernglas.

Als ich durch die Linsen des Schauglases spähte, erkannte ich das denkbar unspektakulärste und zugleich verwunderlichste, was auf der steinernen Brücke zu erblicken war. Die Konturen, die ich zunächst als Miniaturrakete, die in ihrer Vorrichtung auf Startfreigabe wartete, ausgemacht hatte, entpuppte sich als nichts anderes als eine kunstvoll verzierte Holzstaffelei, auf der – so erschien es mir allenfalls – eine überdurchschnittlich große Leinwand befestigt war, deren zweidimensional konturiertes Abbild im Schwarz der Nacht einen leicht gewölbten Streifen abgab. Augenblicklich wurde mir klar, dass es sich bei besagter Person einzig und allein um den Portraitmaler Kolkrabe handeln konnte. Und natürlich, dachte ich, wer auch sonst brächte nach Untergang der Abendsonne noch Zeit auf der steinernen Brücke zu, geschweige denn starrte mit derartiger Beharrlichkeit auf etwas, das sich nicht einmal mit allergrößter Phantasie zu bewegen vermochte.

Nur was der alte Sonderling da malen wollte, das sollte sich mir nicht so ganz erschließen. Sicherlich, ein Abbild der menschenleeren Steinbrücke bei Nacht hätte Herr Kolkrabe anfertigen können, aber es schien mir bei allen Zufällen, die sich bisher in meinem Leben ereignet hatten, der zufälligste zu sein, wenn Herr Kolkrabe ausgerechnet in dieser Nacht eine Zeichnung der steinernen Brücke angefertigt hätte, in der ich das dörfliche Geschehen nach Einbruch der Dunkelheit erstmals von der weit aufgefächerten Astgabel im einhundertundzehn Jahre Alten Kastanienbaum beobachtete. Schließlich, so nahm ich es allenfalls an, hatte Herr Kolkrabe hierfür ganze dreihundertfünfundsechzig Nächte im Jahr, und alle vier Jahre sogar dreihundertsechsundsechzig Nächte, Zeit – und das seit einer mir unbekannten, aber sicherlich beachtlichen Anzahl an Jahren. Oder war es Herrn Kolkrabes Absicht, den unentwegt dahinfließenden, nachtschwarz schimmernden Fluss auf seine Leinwand zu pinseln? Ich dachte, dass es aber unmöglich dem künstlerischen Anspruch Herrn Kolkrabes Genüge tun hätte können, auf die Leinwand großflächig schwarze Farbe aufzutragen, um sie dann mit ein paar weißen Linien, die wohl das Funkeln der in der Dunkelheit aufblitzenden Wassermassen darstellen hätten sollen, zu vollenden.

Außerdem lautete Herrn Kolkrabes Berufsbezeichnung Portraitmaler und ein Portraitmaler unterschied sich von Landschaftsmalern nun einmal dadurch, dass er Portraits und keine Abbilder irgendwelcher Landschaften oder Panoramen malte.

Was um alles in der Welt also hatte er zu dieser Zeit noch auf der Brücke zu suchen? Und warum zum Teufel starrte er wie versteinert auf seine Leinwand, ohne sie anzurühren?

Ich mutmaßte, dass er möglicherweise schon vor einigen Stunden etwas zu Papier gebracht hatte, das ihm nicht gefiel oder über dessen tieferen Sinn er immer noch nachgrübelte, aber dann dachte ich, dass Herr Kolkrabe in diesem Fall sicherlich einen Spaziergang im südlichen Teil des Dorfes dem unentwegten Verharren auf der steinernen Brücke vorgezogen hätte, nicht zuletzt, um sich seiner Gedankenfesseln zu entledigen. Denn dass Herr Kolkrabe ein Mensch war, der sich das Spazierengehen als Mittel zum Zwecke des Sich-Entgrübelns angeeignet hatte, schlussfolgerte ich daraus, dass er überhaupt hin und wieder eine Runde um die Häuser drehte.

Oder schlief Herr Kolkrabe etwa? Hatte sich Herr Kolkrabe tatsächlich angewöhnt, im Stehen zu schlafen wie es Rehe oder Pferde taten? Waren all die Gerüchte um Herrn Kolkrabes Bleibe frei erfunden und Herr Kolkrabe hauste schlichtweg auf der steinernen Brücke nebst seiner Staffelei? Dann aber, dachte ich, wären ein Koffer oder allenfalls eine Kiste mit den nötigsten Habseligkeiten, etwa ein paar Wechselklamotten oder Farbfässchen mit Pinseln, zu erkennen gewesen. Und so sehr ich meine Augen auch anstrengte, meine Pupillen hatten sich längst an die schwierigen Lichtverhältnisse gewöhnt, mehr als den Kolkrabe und seine Staffelei konnte ich auf der Brücke nicht erkennen.

Was für ein Pechvogel ich nun da wieder war, dachte ich und verfluchte die Staffelei innerlich, die sich im zu mir nahezu ungünstigsten aller möglichen dreihundertsechzig Winkel gewandt befand.

Ob Herr Kolkrabe durch die Leinwand hindurch sah wie man durch die Augen eines Graureihers hindurchsehen konnte? Wie er durch mich hindurchgesehen hatte, als ich mich auf Rettungsmission im eiskalten und stellenweise zugefrorenen Fluss befand?

Aber vielleicht, dachte ich schließlich, war Herr Kolkrabe auch einfach ein Sonderling, dessen Verhaltensweisen weniger rational als vielmehr rein zufällig begründet und damit unerklärbar waren. Vielleicht musste man Herrn Kolkrabe einfach Herrn Kolkrabe sein lassen und sich nicht wundern über all seine Marotten, die er sich über Dekaden hinweg zu Eigen gemacht hatte. Vielleicht musste man den Kauz einfach Kauz sein lassen.

Als ich bereits kurz davor war, mich mit diesem Gedanken anzufreunden, vernahm ich plötzlich aus der Ferne ein gleichmäßig getaktetes Klappergeräusch, das dem Trampeln eines behuften Pferdes glich, aber doch anders rhythmisiert war. Noch bevor ich mich in Richtung des Waldausgangs drehen konnte, wo ich den Ursprung des Geräusches ausgemacht hatte, sah ich wie der Portraitmaler Kolkrabe, der ganz offensichtlich ebenfalls vom entfernten Klappern Wind bekommen hatte, den Kopf zu heben begann. Urplötzlich wandte sich sein Blick von der Leinwand ab und wanderte in Richtung Uferrand zum geschnörkelten Bürgersteig, der just einige wenige Zentimeter an der einhundertundzehn Jahre alten Kastanie vorbeiführte, in der ich saß. Das Klappern kam nun immer näher. Langsam, aber stetig klapperte es genau auf den Portraitmaler Kolkrabe und mich zu. Nervös tippelte der Kolkrabe mit seinem rechten Zeigefinger im Rhythmus des Klackergeräuschs auf das Brückengeländer ein. Dann erschienen im Lichtkegel der Straßenlaterne, die direkt über der am Rand des Brückengeländers drohenden, mit scharfen Kanten versehenen Adlerfigur festgemacht war, zwei Gestalten im nächtlichen Schimmerlicht. Ein großer zierlicher Mann lief flotten Schrittes auf die Brücke zu. Seine Stiefel waren mit an Sicherheit grenzender Wahrscheinlichkeit mit einer Sohle aus Holz beschlagen, die in gleichmäßigem Tacken auf dem steinernen Boden auftippelte. Allem Anschein nach war er in einen dicken, langen Wintermantel gekleidet, der eine auffällig schillernde Gürtelschnalle besaß. Am Kopf trug er eine tief ins Gesicht gezogene Wollmütze, die so groß war, dass man mit sicherlich behaupten konnte, unter der Mütze müsse sich ein Mensch mit ganz außerordentlichem Haarwuchs verbergen, und um den Hals herum war allem Anschein nach ein dicker Schal gewickelt, dessen Enden beinahe bis zu den Kniekehlen des Mannes hinabbaumelten. Zu seiner Linken lief eine kleinere Person nebenher, die in eine dem nächtlichen Farbentod trotzende rot aufschimmernde Steppjacke gekleidet war und eine interessant geformte Mütze auf dem Kopf trug. Mir war augenblicklich klar, dass es sich bei den beiden Gestalten, die da angelaufen kamen, einzig um Katharina Poltermann und ihren Vater, Herrn Poltermann, handeln konnte, und ich frohlockte aufgeregt und gleichauf gespannt innerlich über die neuerliche Wendung des Schicksals. Dabei staunte ich nicht schlecht, mit welcher Zielstrebigkeit die beiden in meine Richtung marschierten.

Und ja, sie marschierten wirklich. Man hätte sicherlich auch behaupten können, sie gingen, liefen, spazierten oder wanderten in meine Richtung, aber nein, die Poltermanns marschierten. Die Poltermanns marschierten geradewegs auf den einhundertundzehn Jahre alten Kastanienbaum und die steinerne Brücke zu, als hätten sie ein Ziel vor Augen, dem sie unaufhaltsam entgegenmarschierten. Und dabei kam es nicht häufig vor, dass ich von Leuten behaupte, sie wären des Marschierens mächtig. Die meisten Menschen, denen ich in meinem Leben begegnet war, waren nicht einmal des Spazierens oder des Wanderns mächtig, sondern einzig des Vor-sich-hin-Trödelns, des Flanierens. Ich hielt es für eine vorzügliche Eigenschaft, dass Katharina das Marschieren beherrschte, und stellte mir vor, wie wir Hand in Hand durch den Wald und am Fluss entlang marschierten und uns dabei die tollsten und spannendsten Geschichten erzählen konnten. Einzig verstand ich nicht, weshalb die Poltermanns ein solches Tempo ausgerechnet bei ihren nächtlichen Abendspaziergängen an den Tag legten. Denn Abendspaziergänge waren meiner Ansicht nach, wie der Name schon sagte, fürs Spazierengehen weit besser geeignet als fürs Marschieren. Aber Poltermanns schienen diese Ansicht nicht zu teilen und vielmehr einen Abendmarsch dem Abendspaziergang vorzuziehen. Ich dachte, das könnte wohlmöglich daran liegen, dass Herr Poltermann sich tagsüber stets im Inneren des Poltermannschen Hauses aufhielt und sich somit ausschließlich nachts seinem natürlichen Drang nach Bewegung hinzugeben vermochte. Oder aber Herr Poltermann brütete einen hochkomplexen Gedanken aus, der sich erst dann ein wenig in seinem Kopf freischwimmen konnte, wenn er ihn lange genug und bei ausreichend hohem Schritttempo mit sich herumtrug. Was auch immer Katharina und ihren Vater dazu antrieb, sich eines nächtlichen Marsches durch unser Dorf zu unterziehen, ich war felsenfest davon überzeugt, dass ich es an diesem Abend herausfinden und das Rätsel um Herrn Poltermanns Existenz in seiner vollumfänglichen Komplexität aufzulösen gedachte.

Als die beiden etwa fünfzehn Meter vor dem einhundertundzehn Jahre alten Kastanienbaum angekommen waren und das Klappergeräusch der hölzernen Stiefelsohlen von Herrn Poltermann eine beachtliche Lautstärke erreicht hatte, geschah etwas, das ich in all meinen Überlegungen in keinster Weise bedacht hatte, nicht zuletzt, weil es so unwahrscheinlich war, dass ich mich nicht einmal eine Sekunde damit befasst hätte, selbst wenn es mir in den Sinn gekommen wäre.

Katharina, die bis zu diesem Moment immer noch neben ihrem Vater hermarschierte, blieb urplötzlich stehen, drehte sich einmal nach links und rechts um und ging dann in deutlich reduziertem Tempo zu just der Bank unweit des Kastanienbaumes, in dem ich saß, die ich für unser Eisessen am kommenden Montag auserkoren hatte, und ließ sich auf ihr nieder. ‚Das durfte nicht wahr sein!‘, erbrodelte es in mir. Ich dachte, ein Zufall wie dieser einer zu sein schien, der könne unmöglich wahr sein. Wahrscheinlicher war es, dass der liebe Gott in genau der Form existierte, in der ich ihn mir vorstellte. Aber dass Katharina nun exakt auf der Bank Platz genommen hatte, auf der ich ihr am kommenden Montag die tollsten Geschichten würde erzählen wollen, auf der ich sie durch meine Erzählgabe und mein Charisma mächtig beeindrucken würde, auf exakt dieser Bank, das konnte unmöglich der Realität entsprechen. Vorsichtig und stets darauf bedacht, das Gleichgewicht nicht zu verlieren, kniff ich mich mit meiner rechten Hand zweimal in meinen rechten Oberschenkel. Zu meiner großen Ernüchterung verspürte ich dabei einen Schmerz, der wiederum exakt dem Schmerz entsprach, den man in der Realität zu spüren vermochte, wenn man sich, wie ich es tat, mit Zeigefinger und Daumen in den Oberschenkel kniff. Es handelte sich also nicht um einen Traum, in dem ich mich befinden hätte können. Ja, es war wie verhext. Katharina saß auf der steinernen Bank, auf der wir in nicht einmal fünf Tagen, in nicht einmal einhundertundzwanzig Stunden, gemeinsam mit zwei Eiswaffeln der Gelateria Palermo, jeweils mit vier Kugeln und einmal mit einer Extraportion Schlagsahne gefüllt, sitzen würden, und starrte auf das funkelnde, dahinfließende glitzernde Schwarz des Flusses. Ich kochte innerlich vor Wut. Meine Überraschung für Katharina zerrann vor meinen Augen. Freilich tat sie das nicht, aber damals war ich in all meiner kindlichen Naivität der vollkommenen Überzeugung, dass sie es tat.

Was um alles in der Welt hatte ich verbrochen, dachte ich, dass sich der liebe Gott nicht im Geringsten in der Verantwortung sah, dafür zu sorgen, dass sich ein Zufall wie dieser allenfalls im Traum ereignete, nicht aber in der Realität? Aber da saß sie nun, den Kopf leicht in Richtung ihrer linken Schulter geneigt, und glotzte unentwegt auf den kümmerlichen Fluss. Katharina wirkte nachdenklich. Ich vermutete, dass sie an den kommenden Montag dachte und unserem Treffen ebenso entgegengrübelte und -fieberte wie ich. Dass sie darüber nachdachte, welchen Pullover oder welche Jacke sie anziehen würde, um mir besonders zu gefallen. Sicherlich, dachte ich weiter, würde Katharina nichts Weißes anziehen – für den Fall, dass ihre Eiswaffel an der unteren Spitze aufweichte und einige Tropfen des Eises durch sie hindurchliefen und anschließend auf ihrer Kleidung zu heimtückischen Flecken zu werden drohten. Aber dann dachte ich, dass Katharina mit all ihrer Eleganz höchstwahrscheinlich eine ganz ausgezeichnete Eisesserin war, der niemals ein solcher Fauxpas passieren würde, gleichwohl, dass es mir selbstverständlich vollkommen egal wäre, ob sich Katharina mit Eis vollkleckerte oder nicht. Aber desto länger ich Katharina auf der Bank sitzend beobachtete, desto unwahrscheinlicher schien es mir, dass sie über unser Treffen nachdachte. Denn Katharina sah traurig aus. Obwohl ich ihr Gesicht in der Dunkelheit auch mit Hilfe meines Fernglases nicht im Detail erkennen konnte, verriet ihre gesenkte Körperhaltung, die in vollkommenem Widerspruch zu ihrer sonstigen Eleganz stand, mehr über ihr Seelenwohl als es Katharina selbst aller Vermutung nach bewusst war, zumal sie nicht zu ahnen vermochte, dass sie von ihrem allergrößten Verehrer im Kastanienbaum beobachtet wurde. Gerade als ich das eigentliche Ziel meiner nächtlichen Beschattungsmission aus den Augen zu verlieren drohte, vernahm ich erneut das Klappergeräusch der Holzbeschläge von Herrn Poltermanns Stiefeln. Hastig wandte ich meinen Blick von Katharina ab und drehte mich am Baumstamm entlang ein wenig um. Herr Poltermann stiefelte – diesmal in deutlich langsamerem Tempo – geradewegs auf die Brücke und den Portraitmaler Kolkrabe zu. Nun, eigentlich stiefelte Herr Poltermann nun nicht mehr, er trampelte vielmehr und mit jedem Schritt, den er auf das Jahrhunderte alte Kopfsteinpflaster der steinernen Brücke setzte, wuchs meine Angst, dass das unter mit Sicherheit widrigsten Bedingungen errichtete Konstrukt zusammenzustürzen drohte und die Herren Kolkrabe und Poltermann infolgedessen in den Fluten des Flusses zu ertrinken drohten. Das wiederum hätte zur Folge gehabt, dass ich blitzartig vom einhundertundzehn Jahre alten Kastanienbaum herabklettern und erneut mit den eiskalten Fluten des Flusses Vorlieb hätte nehmen müssen, um beide zu retten und sicher ans Ufer zu geleiten, und dass ich anschließend vor Katharina in allerallerhöchste Erklärungsnot geraten wäre, weshalb ich mich nachts auf Bäumen unweit ihrer selbst herumtrieb und sie auf hinterlistigste Weise voyeurgleich beschattete. Zu meiner Beruhigung hielt die Brücke der Belastung Stand.

Der Portraitmaler Kolkrabe, der noch immer am von mir abgewandten Brückengeländer vor sich hin brütete, drehte sich in Richtung des herantrampelnden Herrn Poltermann und begrüßte ihn mit einem dahin genuschelten „Guten Abend Herr Poltermann! Schön, Sie wieder zu sehen", was durch den vorbeirauschenden Fluss und das seichte Rascheln der Kastanienblätter im Nachtwind in meinen Ohren eher ein „GutnmdHerrOllermannSchösiewiedzuseh" ergab. Das aber war in diesem Moment nebensächlich – zum ersten Mal hatte ich Herrn Kolkrabe ein Wort sprechen gehört!

Und dabei klang seine Stimme ganz anders als ich es mir in meinen Träumereien immer ausgemalt hatte. In meiner Phantasie hatte der Portraitmaler eine tiefe, raue, etwas verrauchte und beinahe ein wenig mystische Stimme, die derjenigen eines Dokumentarfilmerzählers glich, wenn dieser zu beeindruckenden Bewegtbildern der Pyramiden von Gizeh oder des Amazonasregenwalds referierte. Oder eines Radiosprechers, der früh morgens im Halbschlaf die Nachrichten des vorangegangenen Tages verlas. Aber in Wirklichkeit klang Herrn Kolkrabes Stimme zu meiner Überraschung für einen Mann seines Alters außergewöhnlich hoch und unverbraucht. Man hätte fast den Eindruck gewinnen können, Herr Kolkrabe verfolgte die Absicht, sich die Sympathie von Herrn Poltermann zu ersäuseln, so melodierte er vor sich hin. Nein, man hätte beinahe mutmaßen können, er säusele um sein Leben, so hoch erklang seine helle, dünne Stimme.

Herr Poltermann hingegen, der noch immer einige Meter entfernt auf den Portraitmaler, der ihm gut und gerne zwei Kopflängen unterwachsen war, zu trampelte, verlor kein Wort. Im blassen Wiederschein des Laternenlichts streckte er Herrn Kolkrabe seine in der Nacht ochsenblutrot schimmernde Hand entgegen. Dann ließ er sich nebst der Staffelei auf einem kleinen Schemel nieder und wandte sich dem Portraitmaler zu, dessen knochendürre Krähenpranken nun wieder in sonderbaren

Linien durch die Luft wirbelten. Und wie sie das taten! Immer wieder zirkelte er kreisförmige Wellenbewegungen ins Nichts. Seine Silhouette glich der einer fürchterlich wild gewordenen Fledermaus, die sich mit allen Mitteln vor einem bedrohlichen Fressfeind zu wehren versuchte. Die um ihr Leben fuchtelte und dabei vergeblich versuchte, den ihr übermächtigen Angreifer in die Flucht zu schlagen. Der Mantel des Portraitmalers flatterte aufgeregt im Wind, und hätte Herr Kolkrabe proportional zu seinem korpulenten Bauchumfang ein wenig längere Gliedmaßen besessen, er wäre wohl flughundähnlich durch die Lüfte gesaust und im unglücklichsten Fall direkt an mir vorbei in den einhundertundzehn Jahre alten Kastanienbaum hineingeflattert. Da Herr Kolkrabe aber die kürzesten aller Arme besaß, die man als Lebewesen der Gattung Mensch vom lieben Gott zugeteilt bekommen konnte, ließ ihn die Schwerkraft vergeblich durch die Gegend fuchteln, ohne dass sich seine Füße auch nur einen klitzekleinen Hauch vom Boden zu erheben drohten.

Herr Kolkrabe fuchtelte und fuchtelte. Er fuchtelte so sehr, dass ich mir einbildete, ein Windstoß, den er mit seinen bloßen Armbewegungen erzeugt hatte, blies mir durch den dichten Blätterwuchs des Kastanienbaums hindurch ins Gesicht. Zunächst fuchtelte er einige Augenblicke. Dann fuchtelte er einige Sekunden und als er schließlich einige Minuten durchweg vor sich hin fuchtelte, dachte ich, dass es wirklich erstaunlich war, dass der alte Sonderling mit dem Vogelnamen nicht längst an einem Herzinfarkt oder einer chronischen Überlastung seines Herz-Kreislaufsystems verkommen war. Die Situation, die sich an diesem Abend auf der steinernen Brücke abgespielt hatte, war völlig grotesk. Vielleicht fünf, vielleicht zehn Minuten, mir selbst kam es vor wie für immer, beobachtete ich zwei Silhouetten in der Dunkelheit der Nacht, die gänzlich unterschiedliche Methoden der Verteidigung vor einem imaginären, übermächtigen Feind demonstrierten. Der eine nämlich hörte nicht auf, energisch vor sich hin zu fuchteln, und der andere tat keinen Mucks, keine Bewegung und keinen Laut – stellte sich scheinbar tot. Nur was um alles in der Welt hatten sich die beiden Herren zum Feindbild erkoren? Was ersuchten sie in die Flucht zu schlagen, was galt es zu vertreiben? Denn so sehr der Portraitmaler Kolkrabe auch in der Luft herumfuchtelte, so sehr er seine Arme durch die Nacht rudern ließ, nicht ein Mal hatte er mit seinen Händen bisher die vor ihm aufgebaute Leinwand erfuchtelt. Nicht einmal berührt hatte er sie. Nicht einen einzigen Strich, nicht eine einzige Linie des Herrn Poltermann hatte er auf das Papier gebracht. Ich mutmaßte, Herr Poltermann, dessen Gesicht ich noch immer nicht erkennen konnte, würde wohl keine sonderlich auffallenden Konturen besitzen und der Portraitmaler Kolkrabe konnte sich daher nur schwerlich entscheiden, ob er denn nun die Nase, den Mund oder die Augen zuerst malen sollte. Ein sogenanntes Allerweltsgesicht eben, ein Gesicht ohne Ecken und Kanten, das man sich auch nach dem zehnten Mal nicht merken konnte. Ein Allerweltsgesicht aber, dachte ich dann, definierte sich seinem Namen nach nicht zuletzt dadurch, dass es in aller Welt weit und zuhauf verbreitet war. Entsprechend war anzunehmen, und das deckte sich mit den Erfahrungen, die ich in dem erlauchten gut einem Jahrzehnt, das ich bisweilen auf diesem Planeten zugebracht hatte, auch selbst gemacht hatte, dass Herrn Kolkrabe in den mittlerweile mehreren Jahrzehnten, die er auf der steinernen Brücke vor sich hin gepinselt hatte, gut und gerne ein Dutzend Personen gemalt haben musste, die ein Allerweltsgesicht besaßen. Es bestand also kaum ein Zweifel, dass er des Allerweltsgesichtportraitierens mächtig war. Und je genauer ich hinsah, desto absurder und unverständlicher wurde all das, was ich da sah und gesehen hatte.

Irgendwann, nachdem Herr Kolkrabe mit Sicherheit ein Dutzend Minuten mit „In der Luft Umherfuchteln" zugebracht hatte, ertönte aus westlicher Richtung, also flussabwärts, ein lauter Pfiff, den ich zunächst nicht genauer deuten konnte. Ich vermutete, dass der Pfiff, der eigentlich mehr ein rauer Schrei als ein Pfiff war, denn in einem Pfiff klang immer etwas Hohes mit, der grellen, aber nicht hellen Zunge eines Graureihers entsprungen war, und ich hatte mich so erschrocken, dass es mir nur mit höchster und vollkommenster Konzentration gelang, einen Sturz und damit eine ernsthafte Verletzung und das Scheitern meiner durch die Blätterkronen des einhundertundzehn Jahre alten Kastanienbaums entstandenen Tarnung zu verhindern. Als ich meinen Blick wieder auf den Portraitmaler Kolkrabe und sein Gegenüber, Herrn Poltermann, richtete, stellte ich zu meiner allergrößten Verwunderung fest, dass sich offenbar auch Herr Kolkrabe vom Schrei des Reihers erschrocken hatte. Denn Herr Kolkrabe fuchtelte nicht mehr. Seine Finger hielten still und seine Arme hingen urplötzlich gerade und locker von seinen Schultern herab. Das fand ich aus zwei ganz unterschiedlichen Gründen zu gleichen Teilen in höchstem Maße erstaunlich. Zum einen, dass der nächtliche Schrei eines Graureihers nach all den Tagen und Abenden, die Herr Kolkrabe auf der steinernen Brücke über dem Fluss zugebracht hatte, noch immer dazu führte, den Portraitmaler aus der Gewohnheit zu bringen, und zum anderen erschloss sich mir in keinster Weise wie es Herrn Kolkrabe gelungen war, seine Arme im Augenblick des Vogelpfiffs vom einen auf den anderen Moment aus ihren Fuchtelbewegungen hinweg zu absoluter Bewegungsstille zu geleiten.

Ich dachte, es müsse an Herrn Kolkrabes von der alltäglichen Pinselei zur Höchstform trainierten Krähenhänden liegen, deren vollständige Kontrolle er auf beeindruckende Weise zu demonstrieren vermochte. Oder aber jeder Mensch, der zwei Hände besaß, war des augenblicklichen Abbremsens seines Umherfuchtelns mächtig. Und wenn jeder Mensch, der zwei Hände besaß, des augenblicklichen Abbremsens seines Umherfuchtelns mächtig war, dann war auch ich das. Und wenn ich das war, dann galt es das in jedem Fall herauszufinden. Da ich aber in einem einhundertundzehn Jahre alten Kastanienbaum saß und des in meiner Mission stehenden Dienstes wegen hier war, beschloss ich, die Durchführung dieses Experiments auf den nächsten Tag zu verlegen. Nun, eigentlich beschlossen Herr Kolkrabe und ich das zu gleichen Teilen. Denn Herr Kolkrabe ließ mir nicht im geringsten Zeit dazu, mich mit den äußerlichen Gegebenheiten auf dem Ast zu arrangieren und somit die Durchführung des Fuchtelexperiments vorzubereiten. Der Portraitmaler Kolkrabe ging urplötzlich fort.

Ja, Herr Kolkrabe ging fort. Langsamen Schrittes, mit leicht gesenktem Körper entfernte er sich von der Staffelei. Seine Hände hingen noch immer schlaff von seinen Schultern herab und obwohl Herr Kolkrabe seiner spazierengehenden Eigenart wegen bedenklich mit dem Oberkörper hin und her wackelte, bewegten sich seine Arme nicht. Wie unbewegliche Metallstangen klebten sie an seinen Hüften, als der Sonderling mir immer näher kam. Zunächst bewegte sich seine in nächtlichem Schwarz umhüllte Silhouette inmitten des flimmernden Scheinwerferlichts der Straßenlaternen langsam über den Scheitelpunkt der Brücke und dann, Stück für Stück, Augenblick für Augenblick ein kleines bisschen mehr, in Richtung des südlichen Flussufers.

„Das darf ja nicht wahr sein", flüsterte ich voller Entgeisterung vor mich hin. Nicht ein Mal, nicht ein einziges Mal, nein, nicht einmal einen einzigen Augenblick, hatte Herr Kolkrabe bis zu diesem Abend auch nur eine Zehenspitze seiner Füße auf den südlichen Teil unseres Dorfes gesetzt. Und jetzt lief er die Brücke hinüber, als spazierte er jeden Tag von einem Ufer des Flusses zum anderen. Hin und her, unzählige Male, Herr Kolkrabe spazierte routiniert über den unebenen Weg aus Kopfsteinpflaster, als wandelte er im Tiefschlaf hinüber. Die einzige Möglichkeit, die sich mir zur Erklärung dieses Phänomens erschloss, war, vorausgesetzt dass er nicht schlafwandelte, dass

Herrn Kolkrabes Ziel die noch immer auf der steinernen Bank mit steinernem Blick ins dahinfließende Wasser des Flusses starrende Katharina war. Aber als Herr Kolkrabe am südlichsten Punkt der Brücke und damit am nördlichsten Punkt des südlichen Ufers angelangt war, spazierte er einfach weiter. Er spazierte den Weg, der vom Ufer wegführte, entlang und seine hin und herwackelnde Silhouette verschwand zuerst langsam, dann immer schneller und schließlich ganz plötzlich in der unendlich weiten Dunkelheit der Nacht im schwarzen Niemandsland. Unkontrollierte Schreckensgedanken wirbelten in meinem Hirn herum wie ein Schwarm von schwarzen Rabenvögeln und es schrie und flatterte in meinem Kopf: „Du musst ihm hinterherlaufen, dem alten Sonderling! Du musst sehen, wo er hinrennt, was er sucht und was er will!" Aber ich regte mich nicht.

Ich kletterte nicht vom Baum herab, ich lief ihm nicht hinterher und ich wusste nicht, wohin er lief, was er suchte und was er – um Himmels Willen – in ausgerechnet dieser Nacht im südlichen Teil des Dorfes wollte. Ich hielt still wie eine Eidechse, die einem Raubvogel gegenüberstand und darauf hoffte, dass dieser sie bei aller Unwahrscheinlichkeit ihres Stillhaltens wegen für einen Stein oder etwas anderes Lebloses hielt und vorüberzog. Aber so sehr ich auch stillhielt und wartete, es ging nicht vorüber. Nichts ging vorüber.

Die Zeit nicht, seit Herr Kolkrabe, vielleicht um dem Ruf des Graureihers zu folgen, im Schwarz der Nacht verschwunden war, die Poltermanns nicht, denn Katharina saß immer noch wie angewurzelt auf der steinernen Bank am Flussufer ein paar Meter unter mir und Herr Poltermann verweilte wie versteinert regungslos neben Herrn Kolkrabes Staffelei, und ich nicht. Denn ich saß mit vor Erstaunen weit aufgerissenem Mund auf meinem Ast im einhundertundzehn Jahre alten Kastanienbaum und rührte mich nicht.

Die Zeit stand für einen Moment still.

Und hätte ich nicht mit aller Überzeugung daran geglaubt, dass es unmöglich das Ende meiner nächtlichen Beschattungsmission sein konnte, dass die Poltermanns ja irgendwann den Heimweg antreten mussten und nicht bis in alle Ewigkeit an Ort und Stelle regungslos verharren konnten, die Zeit wäre noch ein wenig stiller gestanden. Aber dadurch, dass ich nachdachte und mir Gedanken über Katharina und ihren Vater, Herrn Poltermann, über den Portraitmaler Kolkrabe, über den Pfiff des Graureihers und überhaupt, über all das, was da unter mir vor sich ging, machte, verstrich die Zeit doch ein wenig.

Dann, ich kann bis heute nicht sagen, wie viel Zeit tatsächlich verstrichen war, tauchte Herr Kolkrabe plötzlich wieder auf.

In seiner Hand baumelte ein seilartiges Etwas, das bei jedem Schritt einen schwingenden Schatten um die Silhouette des Portraitmalers im Scheinwerferlicht warf. Dem Grundsatz folgend, dass man die Zeit je nach Art und Amüsement der eigenen Beschäftigung unterschiedlich schnell oder langsam wahrnahm, lag zwischen dem Zeitpunkt, an dem Herr Kolkrabe in der Dunkelheit der Nacht verschwunden war und schließlich wieder auftauchte, in meinen Augen eine halbe Ewigkeit, aber in den Augen des Portraitmalers selbst womöglich nur ein kurzer Augenblick.

Als ich Herrn Kolkrabes bedenklich vor sich hin wackelnde Silhouette samt seilartigem Etwas am Ausgang der nächtlichen Dunkelheit und damit am äußersten Rand des schimmernden Lichtpegels registrierte, fing mich die Zeit wieder ein und die Differenz der durch den eigenartigen Spaziergang von Herrn Kolkrabe entstandenen zeitlichen Wahrnehmung glich sich augenblicklich wieder an – nein, sie glich sich nicht nur an, sie glich sich. Sie wurde Eins. Weil sie es musste

Denn während sich in mir die Gedanken wie eine Lawine, die mit tosender Geschwindigkeit ins Tal rauschte und dabei alles, was nicht steinern fest am Felsen verwachsen war, mit in den Abgrund riss, überschlugen, wackelte Herr Kolkrabe in einer fast schon beängstigenden Langsamkeit in Richtung Brücke. Beängstigend war seine Langsamkeit deshalb, weil sie sich dadurch definierte, dass sie von Schritt zu Schritt zunahm und immer langsamer wurde, und dabei in gleichem Maße schwerfälliger wurde als trüge Herr Kolkrabe ein schweres Gewicht aus Metall oder Holz auf seinem Rücken, unter dessen Last sein Körper sekündlich einzubrechen drohte. Dabei trug er nichts weiter als ein Stück Seil in seinen Händen und obwohl ich das Seil nicht berühren konnte, ich war sicher, es wog kaum mehr als ein paar Dutzend Gramm, mit gut Glück vielleicht ein Kilo, maximal zwei. Das Rauschen des Flusses und das steinige Kratzen von Herrn Kolkrabes Schuhen erklangen in diesem Augenblick noch bedrohlicher als es bei Herrn Poltermann zuvor der Fall gewesen war. In Kombination ergaben sie in meinen Ohren ein Knirschen, aber nicht irgendein Knirschen, sondern ein fieses Knirschen wie das Knirschen eines Monsters, das wutentbrannt die Zähne fletschte – mit dem unbändigen Willen, dem ein Ende zu bereiten, was immer da vor ihm stand.

Als Herr Kolkrabe schließlich zunächst den Rand der Brücke und nur wenige Augenblicke später seinen gewohnten Malplatz erreicht hatte, begann er zur vollkommenen Verwunderung meiner selbst erneut mit seinen Krähenhänden durch die Dunkelheit der Nacht zu wirbeln.

Diesmal aber hielt er weder Stift noch Pinsel in der Hand und stand auch nicht unmittelbar vor seiner aufgestellten Staffelei. Diesmal fuchtelte er nicht vor der Leinwand herum, sondern er verknotete das Seil, das er nun mit beiden Händen festhielt, mit wilden Ruderbewegungen zu einer Schlaufe. Seine Silhouette erweckte dabei im fahlen Laternenlicht beinahe den Anschein eines Seiltänzers, der sich auf gespannten Fäden durch die Manege schwang und schwerelos durch die Luft segelte.

Herr Poltermann stand unterdessen noch immer regungslos neben der Leinwand und hätte ich Herrn Poltermanns Gesicht durch mein Fernglas im Detail erkennen können, ich war mir in allerhöchstem Maße sicher, er glotzte den Kolkrabe mit großen Augen an. Vielleicht glotzte er ihn nicht einmal an, vielleicht glotzte er durch den Kolkrabe hindurch wie der Kolkrabe auch durch mich und durch ihn schon hindurchgeglotzt hatte, vielleicht wollte er den Kolkrabe nicht anglotzen, vielleicht wollte er ihn nicht sehen und durch ihn hindurchglotzen, ich wusste es nicht.

Mir war, als wüsste ich überhaupt nichts mehr. Nicht einmal als der alte Sonderling die Schlinge plötzlich um seinen Hals legte, wusste ich etwas, geschweige denn tat etwas gegen das, was da auf der Brücke vor sich ging.

Ich hätte nur schreien müssen, einen durchdringenden Laut von mir geben müssen. Den nächtlichen Pfiff eines Reihers hätte ich imitieren können, das wütende Fauchen eines Baummarders, irgendetwas hätte ich pfeifen können. Aber ich pfiff nichts.

Ich pfiff nicht, als der Portraitmaler Kolkrabe vorsichtig auf das Geländer der Brücke stieg und seine Silhouette im Lichtpegel darauf vorsichtig einige Meter entlangbalancierte, ich fauchte nicht, als er schließlich das Seil an der eisernen Stange der nächstgelegenen Laterne festknotete, und ich schrie nicht, als er schlussendlich in großem, weitem Bogen von der Brücke und damit von allem, was Herrn Kolkrabe neben seiner Fähigkeit zu malen als Mensch ausgemacht hatte, ins ewige Nichts des Todes hinabhüpfte.

Sein Mantel flatterte dabei wie die Flügel einer riesigen Motte im Dämmerlicht, seine Silhouette verschwand von einer Sekunde auf die nächste aus meinem Sichtfeld und als man aus der Richtung des Flussrauschens ein dämmerlich hohes Winseln vernehmen konnte, schrie ich immer noch nicht.

Vielleicht schrie ich nicht, weil mein Unterbewusstsein bereits in dem Moment, als Herr Kolkrabe sein Seil zu einer Schlaufe verknotet hatte, eine böse Vorahnung verspürte, was hier vor sich gehen sollte, und es mich daher erschreckend wenig überrascht hatte. Vielleicht pfiff ich nicht, weil mein Mund vor Erstaunen immer noch offen stand und somit des Pfeifens zu keiner Sekunde mächtig gewesen wäre, und vielleicht fauchte ich nicht, weil ich die Situation ohne jeglichen inneren Groll beobachtet hatte und schlicht und ergreifend keinen Grund zum Fauchen hatte. Vielleicht aber ließ mich der Exitus des Portraitmalers Kolkrabe in Wahrheit schlicht und ergreifend kalt.

Völlig kalt.

Vielleicht, weil ich die Situation in Wirklichkeit nicht im Ansatz begreifen konnte. Vielleicht, weil ich sie nicht begreifen wollte. Vielleicht, weil es mich einfach nicht berühren wollte.

Nicht als mir jeder Funken meines Körpers hätte sagen müssen: „Du musst schnell hinunterklettern und ihm helfen! Du musst ihn wieder hochziehen, der alte Mann stirbt hier gerade!", nicht als mir das Adrenalin durch jede Ader meines Körpers schießen hätte müssen, berührte es mich, geschweige denn regte ich mich auch nur einen Zentimeter.

Ich ließ es geschehen. Ich ließ alles um mich herum geschehen, ohne dass ich mich einzumischen versuchte. Nicht, weil ich mich nicht einmischen hätte wollen, die Frage stellte sich in diesem Moment überhaupt nicht, denn ich konnte nicht. Ich konnte mich nicht einmischen. Ich konnte mich nicht regen. Weil sich nichts, aber auch gar nichts, in meinem Inneren zu regen vermochte. Stattdessen glotzte ich ungläubig, aber urleer auf die steinerne Brücke. Auf Herrn Kolkrabe Staffelei, die neben einigen wenigen Pinseln und Farbfässern der einzige materielle Gegenstand war, den er neben seinem Seil wohl hinterlassen hatte. Auf den noch immer regungslos, beinahe statuengleich auf der Brücke verharrenden Herrn Poltermann.

Und schließlich auf die unentwegt ins Wasser starrende Katharina.

Ich weiß nicht, ob es Minuten waren, oder vielleicht sogar beinahe eine volle Stunde und damit fast sechzig an der Zahl, in denen Herrn Kolkrabes Tod so übermächtig über all dem, was in unserem Dorf in dieser Zeit wohl geschehen wäre, thronte, dass das exakte Gegenteil, nämlich nichts, geschehen sollte. Kein Reiher war des Kreischens mächtig, Herr Poltermann stand regungslos und wie angewurzelt neben Herrn Kolkrabes Staffelei, als wartete er weiterhin sehnlichst darauf, portraitiert zu werden, Katharina rührte sich nicht vom Fleck und ich klammerte mich mit kalten Händen an meinem Ast fest. Einzig das menschliche Urbedürfnis des Wasserlassens, das auch ich mittlerweile mit beinahe höchster Konzentration unterdrücken musste, sorgte dafür, dass schließlich doch etwas geschah und Katharina und ihr Vater, Herr Poltermann, nachdem er sich mit den Worten „Lass uns gehen, ich muss pissen!" zu ihr gewandt hatte, merklich unbeeindruckt von dem, was geschehen war, die Heimreise antraten. Mich irritierte das. Aber es schockierte mich nicht. Mich irritierte, dass Herr Poltermann Herrn Kolkrabe nicht davon abgehalten hatte, von der Brücke zu stürzen und sich aufzuhängen. Dass er sich nicht einmal geregt oder gezuckt hatte, als nicht einmal zwei Meter neben ihm ein Mensch das Vorhaben, sein Leben und damit seine Geschichte zu beenden, in die Tat umzusetzen vermochte. Und dass er sich dann zu seiner Tochter mit den plumpen Worten „Lass uns gehen, ich muss pissen", wandte, um anschließend von der Brücke zu stiefeln, sich bei Katharina unterhakte und pünktlich zum abendlichen Kirchenglockenläuten in Richtung Wald nach Hause marschierte, als wäre nichts geschehen, als hätte Herr Poltermann eine alltägliche Besorgung gemacht. Als hätte er Brot oder Gemüse gekauft. Als wäre er Spazieren gewesen.

Plötzlich dämmerte es mir. Das Kirchenglockenläuten!

Ich riss den Ärmel meiner Jacke vom Handgelenk, schielte auf meine Armbanduhr, deren mit Reflektoren besetzte Zeiger im Mondlicht auch bei Dunkelheit zuverlässig die Uhrzeit anzuzeigen vermochten und erschrak. Es war zwei Minuten und fünfunddreißig Sekunden nach zehn Uhr. Das bedeutete, dass meine Mutter, die an chronischer Überpünktlichkeititis litt, im besten Falle vor exakt zwei Minuten und fünfunddreißig Sekunden bei ihrem allabendlichen Kontrollgang festgestellt hatte, dass ich nicht in meinem Bett lag, die darauf folgenden zwei Minuten hektisch damit zugebracht hatte, unser Haus nach mir zu durchsuchen und sich nun mit meinem Vater gemeinsam aufs Fahrrad schwang, um mich zu suchen. Dabei würde sich ihr Suchradius zunächst auf unsere unmittelbare Nachbarschaft beschränken, dann auf den südlichen Dorfberg bis hin zum Eingang des Waldes und schließlich auf den kompletten südlichen Teil unseres Dorfes. Vermutlich würde sie die Polizei verständigen und der Wachtmeister Hendrich käme mit seiner furchterregenden Töle angelaufen, die mich, egal wo ich mich zu verstecken gedächte, erschnüffeln würde können, um mich anschließend in einem Moment der Unachtsamkeit von Hendrich bei lebendigem Leibe in Stücke zu reißen. Das wiederum bedeutete zwar einerseits, dass ich mir den nun mit an Gewissheit grenzender Wahrscheinlichkeit anstehenden, mindestens zehn Tage andauernden Hausarrest würde ersparen können, andererseits aber, dass ich im besten Fall noch gut sechzehn und im schlechtesten Fall noch knapp elf Minuten zu leben hatte.

Wieselflink kletterte ich den einhundertundzehn Jahre alten Kastanienbaum hinab, eigentlich kletterte ich nicht, ich fiel, purzelte und sprang hinunter und landete nach nur einigen kurzen Augenblicken überraschenderweise bis auf ein paar wenige blaue Flecken völlig unversehrt, aber dafür umso unsanfter auf der Wiese direkt neben dem geschwungenen

Bürgersteig, der am Ufer des Flusses entlangführte. Ich erleichterte mich an einem kleinen Seitentrieb des Holzkolosses, der etwa einen halben Meter vom Baumstamm entfernt aus dem Boden ragte, schulterte meinen ledernen Rucksack und lief flotten Schrittes und ohne über jegliche, mir drohende Konsequenz nachzudenken, trotz allerstrengsten Verbots alleine auf die steinerne Brücke, hin zu Herrn Kolkrabes Staffelei, auf der noch immer die Leinwand stand. Zu meiner Überraschung war die Leinwand auf der Staffelei gar nicht weiß. Nein, stattdessen klafften verschiedene Farbkleckse darauf, die elegant zu einer abstrakten Landschaft verbunden waren und in eine Szenerie fantastischer Natur verschmolzen. Grüne, gelbe und ockerfarbene Linien verwoben sich beinahe netzartig zu feinen Wurzelflechten, die auf braunem Untergrund emporzuwachsen schienen; dezente rote Kreise fügten sich wie die Blüten exotischer Orchideen und Flamingoblumen ins urwaldartige Pflanzengestrüpp ein und durch ein feines Loch im dichten Gewölbe riesiger Blätter war ein in den verschiedensten Blautönen feingezeichneter mit leichtem Weiß durchwobener Sommerhimmel zu erkennen. Vom unteren Bildrand führte ein schmaler Trampelpfad, der mit welkem Waldlaub übersät zu sein schien, in die unendliche Verflochtenheit des von Herrn Kolkrabe geschaffenen Dschungels. Auf dem Weg selbst war der Körper eines großgewachsenen, aber schmalen Mannes zu erkennen, der paradoxerweise trotz offensichtlich sommerlich heißer Temperaturen nicht nur einen Wintermantel mit auffällig schillernder Gürtelschnalle trug, sondern um dessen Hals auch ein dicker gelber Schal gewickelt war, dessen Enden beinahe bis zu den Kniekehlen des Mannes hinabbaumelten. Für mich bestand kein Zweifel, dass es sich bei der dargestellten Person um Katharinas Vater, Herrn Poltermann, handeln musste.

Ja, das war Herr Poltermann!

Die Statur, der Mantel, der Schal, jedes noch so kleine Detail war mit derartigem Perfektionismus auf die Leinwand gepinselt worden, dass man beinahe die Vermutung anstellen musste, dass das kaum ein Mensch gemalt haben konnte. Und plötzlich fiel mein Blick auf das Gesicht des dargestellten Mannes. Auf den Kopf, der unter einer tief ins Gesicht gezogenen Wollmütze, die so groß war, dass man mit an Sicherheit grenzender Wahrscheinlichkeit behaupten konnte, unter ihr müsse sich ein Mensch mit ganz außerordentlichem Haarwuchs verborgen haben, hervorlugte. Aber da war kein Gesicht. So sehr ich mich auch bemühte, in den miteinander verwaschenen, wohldifferenziert ausgearbeiteten Rosa-, Rot- und Weißtönen Konturen zu erkennen, etwa die feingepinselte Öffnung eines Mundes, die angedeuteten Nasenlöcher in der Mitte des Gesichts oder die Augen, es gab nichts zu erkennen. Wie auch immer ich meinen Kopf zu neigen und drehen versuchte, aus welchem Blickwinkel auch immer ich das Bild anstarrte. Herr Poltermann besaß einen Körper, Herr Poltermann besaß zwei Arme und zwei Beine, Herr Poltermann besaß einen Kopf, ein Gesicht aber besaß er nicht.

„Das darf doch nicht wahr sein", murmelte ich verblüfft vor mich hin und tippte vorsichtig mit meinem linken Zeigefinger auf das Bild, exakt an der Stelle, an der normalerweise Herrn Poltermanns Gesicht abgebildet hätte sein müssen. Die Farbe, bei der es sich allem Anschein nach um Ölfarbe handelte, war längst trocken. Ich tippte weiter auf die Leinwand, zunächst über den Mantel Herrn Poltermanns, dann über seine Schuhe und schließlich an verschiedenen Stellen auf die dargestellte Landschaft. Ich tippte auf Stellen, auf denen nur dünn Farbe aufgetragen war, ich tippte auf Stellen, auf denen beinahe einen Zentimeter dick Farbe aufgetragen war. Aber wo auch immer ich hin tippte, die Farbe war vollkommen trocken.

Jetzt erst dämmerte es mir. Jetzt erst sträubten sich meine Haare vor blankem Entsetzen. Jetzt erst verstand ich, was hier Abend für Abend vor sich gegangen war. Ich wankte einige Meter ans Brückengeländer, setzte mich dort mit wild klopfendem Herz kurz nieder und erschauderte, als ich den Kolkrabe unter meinen Füßen über dem Wasser baumeln sah. Seine Haut hing leichenblass von den Wangen. Sein Körper hing am verknoteten Strick wie eine frisch erschossene Wildsau, die man zum Ausbluten an einem Haken unweit der Kellerdecke aufgehangen hatte. Und seine vom Leben gezeichneten Krähenhände hingen regungslos von den Schultern hinab. Meine Stirn war eiskalt und im Nacken und in meiner Brusthöhle spürte ich, wie mir der Schweiß ausbrach. Ich dachte, dass ich nun einen Herzinfarkt erleiden würde oder einen Kreislaufkollaps bekommen würde und wartete auf den stechenden Schmerz, der mich in Kürze wohl treffen würde und ein untrügliches Infarktsymptom darstellte. Aber es kam kein Schmerz. Nicht einmal ein leichtes Stechen verspürte ich in meiner Brust, die von schweren Drahtketten umschlungen war. Nicht, weil ich zur großen Überraschung meiner selbst keinen Herzinfarkt erleiden würde, sondern, so dachte ich, weil mein Körper augenblicklich vollumfänglich damit beschäftigt war, unbändige Mengen an Adrenalin durch meine Venen zu pumpen. Ich zog die Jacke noch enger über meine fröstelnden Schultern und folgte einem Drang, der aus den innerlichsten Tiefen meines Instinktvermögens kam: Ich riss das Bild von der Staffelei und warf es über das steinerne Brückengeländer und den hinabbaumelnden Portraitmaler Kolkrabe hinweg in die ins Ungewisse dahingleitenden Wellen des Flusses, von wo aus es für immer im Nichts verschwinden sollte. Dann rannte ich zu dem bewachsenen Grünstreifen, in dem ich mein Fahrrad versteckt hatte, und strampelte los. Ich strampelte und strampelte und strampelte.

DREI

In der Zwischenzeit waren etwa zwanzig Jahre vergangen. Und diese zwanzig Jahre waren nicht nur in unserem Dorf vergangen, sondern auf der ganzen Welt. Die meisten Menschen glotzten nicht mehr in die Augen von zerzausten Großvögeln, sondern auf den Bildschirm ihres Smartphones, Kosmopoliten waren in unserem Dorf keine Seltenheit mehr, sondern trotzten dem großstädtischen Treiben mit der Flucht in ländliche Wohngegenden, und die meisten Menschen zogen es vor, Kleidung und Elektronikwaren über das Internet zu bestellen, was zur Folge hatte, dass kaum ein Geschäft überlebt hatte. Unser Dorf besaß nun eine eigene Schnellstraßenauffahrt, eine zweite Brücke, die etwa einhundertundfünfzig Meter von der steinernen Brücke entfernt war und für die Überfahrt von Fahrzeugen errichtet worden war, einen mittlerweile circa einhundertunddreißig Jahre alten Kastanienbaum, der noch immer am Flussufer stand und dem Wandel der Zeit zu trotzen schien, und ein eigenes Krankenhaus, neben dem ein großes Reha-Zentrum errichtet worden war, das Patientinnen und Patienten aus ganz Deutschland aufsuchten, um sich von Krankheiten und anderen Leiden zu erholen. Spezialisiert hatte man sich dort auf etwas, das sich „ästhetische Transplantationen" oder so ähnlich schimpfte, genaueres wusste ich nicht, weil es mich nicht interessierte. Aus dem Jungen, der im einhundertundzehn Jahre alten Kastanienbaum saß, war ein dreißigjähriger Mann geworden, der nur noch selten ins Dorf heimkehrte, um seiner Mutter, die an schwerem Diabetes und alters- sowie essbedingter Fettleibigkeit litt, bei der Bewältigung ihres Alltags zu helfen. Mein Vater war vor fünf Jahren an Darmkrebs verstorben, verschiedene Chemotherapien hatten nicht zur erhofften Heilung geführt und am Ende war er so kahl geworden, dass man beinahe seine Gedanken lesen konnte. Als schließlich auch seine Gedanken kahl zu werden drohten, verstarb sein Äußeres gerade noch rechtzeitig vor seinem Inneren.

Die meisten Bekanntschaften, die aus der Zeit meiner Kindheit rührten, hatten sich über die Jahre hinweg durch Wegzüge oder unterschiedliche und nur schwer zu vereinbarende Lebensstile verflüchtigt und im Dorf begegnete mir nur noch ganz selten ein wohlbekanntes Gesicht auf den Straßen. Einzig in der Straße, in der noch immer mein Elternhaus stand, hatte sich erstaunlich und vielleicht auch erschreckend wenig verändert. Neben unserem Haus fristete unverändert das Haus der Poltermanns sein Dasein, Herr Poltermann war den meisten Bewohnerinnen und Bewohnern unseres Dorfs noch immer ausschließlich als Phantom bekannt und Katharina, die mittlerweile in die Stadt, aus der die Poltermanns einst entflohen waren, zurückgezogen war, kam beinahe jedes Wochenende mit ihren Kindern zu Besuch, um das zu tun, was auch ich tat. Nämlich den elterlichen Verfall vom Erwachsensein zurück zum Infantilen mitzuverfolgen, zu bedauern, zu bemitleiden und schließlich, unter Einhaltung der hierfür nötigen Distanz, gekonnt zu belächeln. Dass Katharina Poltermann, die in der Zwischenzeit Katharina Perrotti hieß, weil sie einen italienischen Maschinenbauingenieur geheiratet hatte, mit ebenjenem italienischen Maschinenbauingenieur und nicht mit mir eine Familie gegründet hatte, lag nicht zuletzt daran, dass unser Treffen, damals, fünf Tage nach dem tragischen, vielleicht aber auch nicht zu tragischen Suizid von Herrn Kolkrabe, nie zustande gekommen war. Vielleicht, weil ich nach diesem Abend noch weniger wusste, wie ich ihr denn auf die potenziell im Raum stehende Frage nach ihrem Vater, Herrn Poltermann, zu begegnen hatte, vielleicht, weil ich nach diesem Abend noch gut ein viertel Jahr an den Erlebnissen desselben zu knabbern hatte und vielleicht, weil Katharina und ich uns fortan ignorierten, obwohl ich absolut sicher war, dass sie mich zwischen den Blättern des einhundertundzehn Jahre alten Kastanienbaums nicht entdeckt haben konnte und somit nicht wissen konnte, dass in Wirklichkeit nicht zwei, sondern drei Menschen im Dorf über das Schicksal des Herrn Kolkrabe Bescheid wussten. In erster Linie allerdings, weil meine Eltern über den zeitlichen Aufwand meiner nächtlichen Beschattungsmission alles andere als erfreut waren. Als ich an besagtem Abend etwa eine halbe Stunde nach zehn Uhr und damit gut dreißig Minuten nach der elterlichen Zu-Bett-Geh-Kontrolle durch das Dielenfenster zurückgeklettert war, empfing mich meine Mutter mit hochrotem Kopf und einer so lauten Schimpftirade, die aus einer recht ausgeglichenen Mischung aus Gebrüll, Gestampfe und Gefauche bestand, dass ich seither mit einem Tinnitus auf meinem rechten Ohr zu kämpfen habe. Und obwohl ich mir auf dem Nachhauseweg, unter widrigsten Bedingungen, eine glänzende Auswahl an möglichst glaubhaften, nachvollziehbaren und wahrscheinlichen Ausreden zurechtgelegt hatte, war ein zwanzigtägiger Hausarrest auch mit dem Vorwand, ich hätte doch nur auf dem Garagendach gesessen und wäre dort eingeschlafen, nicht zu verhindern gewesen. Ich wehrte mich nicht sonderlich, akzeptierte mein Schicksal, saß zwanzig lange Tage in meinem Zimmer fest, musste folglich das Treffen mit Katharina absagen und dachte über Herrn Kolkrabe, Herrn Poltermann und den Tod nach. Ich weiß bis heute nicht, wen ich sonderbarer, bedrohlicher oder merkwürdiger fand. Den Portraitmaler, Katharinas Vater oder den Tod selbst.

So sehr ich aber über die Geschehnisse jenes Mittwochabends und ihre Protagonisten nachgrübelte, so sehr schwieg ich auch darüber, was ich erlebt und gesehen hatte. Und das war eine bemerkenswerte Leistung! Denn meine Mutter hörte nicht auf, nachzubohren, wo ich mich herumgetrieben hatte, was ich denn bezwecken hätte wollen, mitten in der Nacht an einem Ort, der ihr nicht bekannt war. Dabei bediente sie sich zunehmend perfiderer Strategien. Zunächst mutmaßte sie, ich unterhielte eine geheime Liebschaft, die ich nachts und in aller Heimlichkeit zu treffen pflegte. Dann vermutete sie, ich wäre Teil eines Drogenrings, wobei sie nicht müde wurde, ihre Hirngespinste mit sämtlichen Ratsch- und Tratschbekanntschaften im Dorf zu teilen, und schließlich trat sie mit mir in Verhandlungen über die Dauer meines Arrestes, wenn ich ihr doch endlich erklärte, was in jener Nacht tatsächlich passiert war. Durch eine routinierte Mischung aus Verhandlungsgeschick und Sturheit hatte ich bereits nach drei Tagen das sofortige Ende meiner Arrestzeit als Bedingung dafür ausgehandelt, dass ich ihr erzählte, wo ich tatsächlich nachts herumlungerte, und ich tischte ihr irgendeine glaubhafte Lügengeschichte auf, die sie zu meiner vollkommenen Überraschung glaubte. Als ich dann einen Tag als freier Mensch verlebt hatte, wurde meiner Mutter nach fünf Tagen – und das war bei all den Ratscherinnen und Ratschern, den Tratscherinnen und Tratschern in unserem Dorf, eine beachtlich lange Zeit – von der geschwätzigen Frau Luber zugetragen, dass sich der Portraitmaler Kolkrabe mit einem

Strick auf der steinernen Brücke erhängt hatte. Seine Leiche hatte man etwa zweihundert Meter entfernt in einer mit Schilf bewachsenen Uferböschung flussabwärts auf der Stelle treibend entdeckt, wobei der Hals des Leichnams von schweren geröteten Einschnitten durchzogen war. Frau Luber nach hätte sich das Unglück laut Pathologie exakt an dem Abend ereignet, an dem ich nicht zuhause gewesen war, gegen halb zehn, vielleicht viertel vor zehn Uhr abends und damit genau zu der Zeit, die für mein eigenes Schicksal die schlechteste aller möglichen Uhrzeiten war. Das hatte die sofortige Wiederaufnahme meiner Arrestpflicht, eine Erhöhung des Strafmaßes von zwanzig auf siebenundzwanzig Tage und noch intensiveres Nachbohren meiner Mutter, die nun mit allergrößter Überzeugung vermutete und ahnte, dass ich sie belogen hatte, zur Folge. Sie mutmaßte nun, Herr Kolkrabe hätte mich zu Schandtaten angestiftet und ausgenutzt; und es sei dann ja wohl ein Gutes, dass dieser gefährliche Trunkenbold, der vor nichts und niemandem Halt machte, endlich das Zeitliche gesegnet und seine gerechte Strafe bekommen hatte. Ob sie damit ihr eigenes Gewissen beruhigen wollte, tatsächlich an die Spinnereien glaubte, die sie tagtäglich von sich gab, oder ob sie sich lediglich um mich sorgte, wusste ich nicht. Was auch immer aber sie mir vorwarf, was auch immer sie mir androhte und was auch immer sie für Gerüchte, die mit meiner Person zu tun hatten, im Dorf unter die Leute zu streuen gedachte, ich schwieg. Ich schwieg und schwieg und schwieg.

Nicht einem Menschen, dem ich seither begegnet war, nicht einmal dem im Fall ermittelnden Wachtmeister Hendrich, erzählte ich, dass ich gesehen hatte, wie sich der Portraitmaler Kolkrabe in einem Akt einer ganz außergewöhnlichen Form der Verzweiflung von der Brücke gestürzt hatte, weil es ihm nicht gelingen wollte, das Gesicht des Herrn Poltermann auf die Leinwand zu pinseln. Dabei wusste ich zunächst nicht, ob die Gesichtszüge von Herrn Poltermann aus anatomischen Gründen nicht abbildbar waren, oder ob er tatsächlich an den Folgen eines chemischen Unfalls litt, wie es die tratschenden Gestalten unseres Dorfs seit jeher unkten, und ein vollkommen entstelltes oder im schlimmsten Falle nicht vorhandenes Gesicht besaß. Hätte Katharinas Vater, Herr Poltermann, an jenem Abend aber in der Tat gar kein Gesicht besessen, dachte ich, dann hätte sein Abbild, das Herr Kolkrabe an diesem Abend von ihm anzufertigen versuchte, zweifelsfrei der Realität entsprochen und der Portraitmaler wiederum kaum einen Grund gehabt, den Verzweiflungstod am Strick zu vollführen. Hätte Katharinas Vater, Herr Poltermann, allerdings ein vollständig entstelltes Gesicht besessen, dann, dachte ich weiter, war es ganz und gar vollkommen im Rahmen des Möglichen, dass Herr Kolkrabe trotz seines beachtlichen Geschicks kurzerhand daran verzweifelte, den Wiedererkennungswert seines gepinselten Abbildes mit dem Anspruch, Herrn Poltermann „zu schön, um wahr zu sein", zu malen, zu vereinen. Und das wiederum hätte den alten Sonderling, da war ich absolut sicher, in seiner Existenz, in allem, was ihn ausmachte, durchaus so stark erschüttern können, dass er im Eifer des Gefechts die Option auf sofortige Beendigung seines erlauchten Daseins erwählte. Weil ich aber niemandem etwas von meinen Gedanken erzählte, die mich in den folgenden Monaten meist nachts heimzusuchen wagten, und weil niemand im Dorf eine sonderlich enge und vertraute Beziehung zu Herrn Kolkrabe gepflegt hatte, interessierte Herrn Kolkrabes Tod auch die wenigsten Menschen in unserem Dorf. Sicherlich, die einen klagten über ausbleibende Touristen, die einzig und allein ihrer eigenen Eitelkeit wegen gekommen waren, um sich dann unter dem

Vorwand der Besichtigung der steinernen Brücke portraitieren zu lassen, und die anderen befriedigten ihr Bedürfnis nach Selbstdarstellung künftig zeitgemäß bei irgendeiner Fotografin oder einem Fotografen. Über Herrn Kolkrabes Schicksal selbst aber redete kaum jemand. Nicht, weil man damit Thematiken anzureißen drohte, über die man in unserem Dorf ohnehin nicht gerne redete, sondern schlicht und ergreifend, weil es die Leute ebenso wenig berührte, wie auch mich Herrn Kolkrabes Freitod anfangs kaltgelassen hatte. Und somit blieb Herr Kolkrabe auch nach seinem Tod ein von allen wenig geachtetes Nutzobjekt, mit dem man sich nicht sonderlich beschäftigen wollte und das seine Existenz zeitlebens einzig und allein durch zuverlässige und anspruchsvolle Arbeit rechtfertigt hatte.

Als mich das Schicksal des Portraitmalers Kolkrabe erstmals und gleichzeitig letztmals einholen sollte, waren etwa zwanzig Jahre vergangen. Unser Dorf besaß nun eine eigene Schnellstraßenauffahrt, eine zweite Brücke, die etwa einhundertundfünfzig Meter von der steinernen Brücke entfernt war und für die Überfahrt von Fahrzeugen errichtet worden war, einen mittlerweile circa einhundertunddreißig Jahre alten Kastanienbaum, der noch immer am Flussufer stand und dem Wandel der Zeit zu trotzen vermochte, und ein eigenes Krankenhaus, neben dem ein großes Reha-Zentrum errichtet worden war, das Patientinnen und Patienten aus ganz Deutschland aufsuchten, um sich von Krankheiten und anderen Leiden zu erholen. Es war am Abend des Karfreitag, ich hatte meiner Mutter versprochen, das Osterwochenende gemeinsam mit ihr zu verbringen, was nicht daran lag, dass ich sonderlich große Lust verspürte, eines der wenigen, über das Jahr verteilten, langen Wochenenden, mit Elternbespaßung zuzubringen, sondern vielmehr daran, dass meine Mutter mit fortschreitendem Alter ein noch penetranteres und engstirnigeres Wesen wurde, das nicht aufhörte, auf Menschen in ihrem Umfeld so lange einzutrichtern, bis sie genau so nach ihrer Pfeife tanzten, wie es ihrer Vorstellung entsprach. Und wenn es nicht ganz ihrer Vorstellung entsprach, dann trichterte sie weiter auf einen ein, bis man aus vollkommener Verzweiflung klein beigab und sich genauso verhielt, dass man ihrer Vorstellung zu entsprechen vermochte. Dieses Teufelsrad hatte sich bisweilen zu einer derartigen Tortur entwickelt, dass ich mich nicht allzu selten bei dem Gedanken erwischte, es wäre wohl für alle Beteiligten eine vornehmliche Erleichterung, wenn sie in nicht zu ferner Zukunft ins Gras biss. Aber sie biss nicht ins Gras. Stattdessen brachte ich den Karfreitag damit zu, ihren herrischen Befehlen folgend Blumenzwiebeln und Saat in ihren Gartenbeeten zu verteilen und schließlich das Abendessen vorzubereiten, das religionskonform aus Fisch mit Kartoffeln und Meerrettichsahne bestand. In alter Tradition hatte meine Mutter drei Bekannte aus der Nachbarschaft eingeladen, darunter die unflätige und ebenfalls um etwa zwanzig Jahre gealterte und damit keineswegs verträglicher gewordene Bäckereiverkäuferin Frau Luber, die sich, ebenfalls in alter Tradition, nach dem Abendessen alljährlich derartig mit Weißwein besoff, dass man mitten in der Nacht durchschnittlich etwa drei Taxiunternehmen abtelefonieren musste, bis sich ein Fahrer dazu erbarmte, das vor sich hin lallende Wrack ein paar hundert Meter nach Hause zu kutschieren.

Als wir also beim Abendessen saßen und sich Frau Luber ihren Berg an Kartoffeln, den sie sich zuvor mit ihren dicken Stummelarmen mühsam auf den Teller geschaufelt hatte, mit einem

Häufchen Sahnemeerrettich, das von derart großer Beschaffenheit war, dass es vielmehr ein Haufen als ein Häufchen war, verfeinert hatte, fiel das Gespräch urplötzlich auf Herrn Poltermann. Nun, eigentlich fiel nicht das Gespräch auf Herrn Poltermann, sondern Frau Luber, die vom lieben Gott ein ganz außerordentlich schallendes Stimmorgan mitbekommen hatte, begann urplötzlich von Herrn Poltermann zu reden. Dabei fraß sie den Fisch, den ich über den Nachmittag verteilt mühsam zubereitet hatte, wie ein Vieh in sich hinein und stach mit der Gabel auf ihre Kartoffeln ein wie ein indigenes Volk, das auf europäische Missionare traf und sie mit Speeren und Stöcken zu verjagen versuchte und dabei ähnlich wenig von ihnen hielt wie ich es von Frau Luber tat.

„Wisst ihr…", begann sie und unterbrach nach zwei Worten sogleich, um sich eine weitere Gabel Kartoffeln mit Sahnemeerrettich in den Mund zu schaufeln „dass der Poltermann" – und sie redete nun vor sich hin mampfend weiter, was zur Folge hatte, dass man sich zwangsläufig mehr oder weniger nach größter Wahrscheinlichkeit im semantischen Sätzeraten zu versuchen hatte – „jetzt ein Gesicht hat?"

Stille.

„Dieser Poltermann hat jetzt ein Gesicht", fuhr Frau Luber fort. „Ein Gesicht hat dieser Mann, wie wir alle ein Gesicht haben. Ist das nicht verrückt?"

Und dann sagte sie noch eine Menge an wichtigen und weniger wichtigen Nebeninformationen, sprach von einem Spezialisten, der in der chirurgischen Klinik des Krankenhauses arbeitete und sich als Pionier im Bereich der plastischen Transplantationen, speziell der Gesichtstransplantation hervorgetan hatte, und dass er ein Franzose wäre, der in Paris, an der Clinique des Champs Elysées sein Handwerk erlernt hätte…

…ich weiß nicht mehr, was sie noch sagte, ich habe es vergessen und ich glaube, ich habe es schon damals sofort vergessen, noch während sie ebendies erzählte, denn ich war so überrascht und ergriffen, ja beinahe überwältigt von der Information, dass Herr Poltermann nun ein Gesicht hatte. Ich konnte an nichts anderes mehr denken. Es war beinahe wie damals, als mich Katharina gefragt hatte, ob ich mit ihr ein Eis essen würde. Es war, als fielen Himmel und Hölle über mir zusammen, es war, als falte sich die Welt zu einem riesigen Papierknäuel zusammen, in dessen Mitte ich gefangen war.

„Dieser Herr Poltermann hat jetzt ein Gesicht!

Für den Rest des Abendessens klang mir der Satz im Ohr, obwohl ich ihn nicht im Geringsten verstehen konnte. Ich dachte an den Portraitmaler Kolkrabe und daran, was wohl gewesen wäre, wenn die Poltermanns erst zwanzig Jahre später in unser Dorf gekommen wären und damit zwanzig Jahre des medizinischen Fortschritts in die Lande gestrichen wären. Ich dachte daran, dass Herr Kolkrabe womöglich noch leben könnte und noch immer auf der steinernen Brücke die Portraits von daherschlurfenden Passanten pinseln würde. Dass er noch immer durch mich hindurchschaute wie durch einen zerzausten Graureiher und mich in der Zwischenzeit dabei vielleicht sogar selbst portraitiert hätte. Nicht im Rennanzug des Motorradrennfahrers Valentino Rossi, wie ich es mir damals erträumt hatte, sondern im maßgeschneiderten Jackett und wohlfrisiert, wie man eben mit dreißig Jahren aussah und durchs Leben ging.

„Und von wem soll er sein Gesicht haben?", blaffte ich plötzlich, und es überraschte mich selbst, die vor sich hin schmatzende Frau Luber an. „Wenn er ein Gesicht hat, muss es ja auch von irgendwem kommen, oder nicht? Oder woher sollen sie sonst eine Nase oder einen Mund haben, die sie ihm angenäht haben?"

Frau Luber sah mich mit großen Augen an und hörte augenblicklich auf zu kauen. Dann nickte sie zweimal mit dem Kopf, auf ihrer linken Wange bildete sich eine große Beule, die daraus resultierte, dass sie mit ihrer Zunge bei geschlossenem Mund die Backe entlang strich, und entgegnete irritiert: „Ja, das weiß ich auch nicht."

„Ach, und wer hat Ihnen erzählt, dass Herr Poltermann nun ein Gesicht besitzt und überhaupt, woher wissen Sie denn, dass Herr Poltermann vorher kein Gesicht besessen hat?", bohrte ich weiter.

Ich dachte, dass es äußerst unwahrscheinlich war, dass Frau Luber, die nach Ladenschluss meist keinen Fuß mehr vor ihre Wohnung, die gleichzeitig ihre Backstube war, setzte, Herrn Poltermann bei seinen nächtlichen Spaziergängen, sofern er diese immer noch regelmäßig tätigte, angetroffen hatte. Und obwohl ich mit an Sicherheit grenzender Wahrscheinlichkeit von allen am Tisch anwesenden Personen der Einzige war, der Herrn Poltermann nicht nur gesehen hatte, sondern auch über sein Schicksal Bescheid wusste, wurde mir augenblicklich klar, dass Frau Luber ein viel zu eitles und selbstverliebtes Geschöpf war, um auf zwei aufeinanderfolgende Fragen mit dem Satz „Ja, das weiß ich auch nicht" zu antworten. Dabei war das „Ja" der Phrase „Ja, weiß ich auch nicht" nur deshalb vorangestellt, um die Wirkung der völligen Ahnungslosigkeit durch eine scheinbar klar wissende Antwortfloskel ein wenig zu lindern. Mit meiner Vorahnung sollte ich recht behalten. Frau Luber spannte ihre Lippen zu einer spitzförmigen Schnute, sah mich mit hochgezogenen Augenbrauen an und setzte schließlich in schnippigem, leicht arrogantem Ton zur Gegenfrage an: „Na, was meinst du wohl, woher ich das weiß?"

„Ich vermute, er ist Ihnen begegnet."

„Na siehste", erwiderte sie leicht süffisant und bei all der Arroganz und Süffisanz in ihrer Stimme klang ein Stück weit Erleichterung mit, offensichtlich, weil sie fest zu glauben schien, dass sie sich mit der Taktik des Gegenfragens weiterer Unannehmlichkeiten zu entziehen vermochte. Obwohl sie mit dieser Annahme schlussendlich Recht behalten sollte – obwohl ich Frau Luber gerne ihrer eigenen Eitelkeit und damit der wohl unangenehmsten Form ihrer weitreichenden Dummheit überführt hätte – wippte das eitle Geschöpf noch einige Minuten nervös mit ihren Beinen auf dem Dielenboden umher. Dann zog ich mich mit dem Vorwand, dass ein Migräneanfall im Anflug wäre, ins Wohnzimmer zurück und ließ mich auf der Couch nieder.

„Dieser Herr Poltermann hat jetzt ein Gesicht".

Wieder und wieder dachte ich daran, was Frau Luber da gerade erzählt hatte und was es bedeutete. Was es für Herrn Poltermann bedeutete, was es für Katharina bedeutete und was es für diejenigen bedeutete, denen Herrn Poltermann als Gesichtsloser bekannt war.

„Dieser Herr Poltermann hat jetzt ein Gesicht", murmelte ich unentwegt vor mich hin…

Ich dachte, dass sich bestimmte äußere Dinge im Laufe der Zeit ändern, die Farbe der Haare etwa, Hautfalten oder Pigmentflecken, die mit Fortdauern des eigenen Seins zunehmen. Aber alles in allem bewahrte man spätestens seit den jungen erwachsenen Jahren bis zum eigenen Tod in aller Regel ein sich zwar veränderndes, aber doch gleichbleibendes Äußeres, das einen unverkennbar zu demjenigen machte, der man auch war. Im Falle von Frau Luber war das eine überdimensionale Warze auf dem Nasenrücken, im Falle von Katharina war es das schmale Grinsen, das unverkennbar zu ihr gehörte, und im Falle meiner Mutter war es ein aufgedunsenes Mondgesicht, das mehr dem Antlitz einer schlecht gefertigten hinduistischen Gottheit glich als dem eines im zwanzigsten und einundzwanzigsten Jahrhundert lebenden Menschen. Und wenn ich an Frau Luber dachte, dann hatte ich eben das Bild einer Warze vor Augen, wenn ich an Katharina dachte, dann war es ihr Lächeln, und wenn ich an meine Mutter dachte, dann sah ich ein Mondgesicht. Nur was hatte ich vor Augen, wenn ich an Herrn Poltermann dachte? Da gab es kein Gesicht, das man vor Augen hätte haben können. Da gab es keine Warze, die die Sonnenstrahlen reflektieren konnte. Wenn ich an Herrn Poltermann dachte, dann fasste mich ein gesichtsloser Jammer an. Dann erinnerte ich mich zwangsläufig an jenen Abend, an dem ich im einhundertundzehn Jahre alten Kastanienbaum die urkomische Tragikomödie vom Tod des Portraitmalers Kolkrabe beobachtet hatte. Aber was um alles in der Welt war, wenn Herr Poltermann nun tatsächlich ein Gesicht besaß? Ich streckte meinen Kopf leicht nach hinten, um meinen Nacken auf der rechten Armlehne des Sofas ein wenig zu entlasten und dachte, dass es mit allerhöchster Wahrscheinlichkeit überhaupt nicht möglich war, ein neues Gesicht zu haben und fortwährend als die Person wahrgenommen zu werden, die man zuvor war. Vielleicht wollte das Herr Poltermann nicht, vielleicht kam es ihm gelegen. Vielleicht genoss er seine neue Form des Seins, vielleicht ging er nun auch tagsüber vor die Türe und lief durchs Dorf, nur keiner erkannte ihn. Was aber, wenn Herr Poltermann weiterhin derjenige sein wollte, der er vorher war? Was, wenn man ihm Unrecht tat mit der Annahme, dass einem da ein neuer, von Menschenhand erschaffener Mensch gegenüberstand? Und wie überhaupt sah Herr Poltermann dann aus? Wäre der Tod des Portraitmalers Kolkrabe vermeidbar gewesen, hätte die Medizin vor zwanzig Jahren bereits das zu leisten vermocht, zu dem sie heute im Stande war? Wären die Poltermanns in diesem Falle eventuell gar nicht aus der Stadt in unser Dorf gezogen und hätte sich damit die Geschichte, die ich Ihnen hier erzähle, überhaupt nicht ereignet? Ich weiß, das ist ein aus der Not der Unwissenheit geborener, vielleicht unwürdiger und sehr zweifelhafter Gedanke, und ich versuche, mich ihm zu entledigen: Du darfst dich nicht in diesen Gedankenspielen verlieren. Du musst dich mit aller Macht gegen den Strom stellen und darfst dich nicht in Hirngespinsten verlieren. Sonst verzettelst du dich wieder, so wie du dich immer verzettelst, wenn du dir über etwas Gedanken machst. Du musst mit diesem Leben hier auf dem Dorf ohnehin abschließen. Du darfst nicht immer wieder hierher zurückkommen und in ein Loch der gesellschaftlichen Schande, der kindlichen Erinnerung entschwinden, von der du ganz genau weißt, dass sie in keiner Weise der Realität entsprechen kann, deshalb nämlich, weil dein Hirn mit zwölf oder dreizehn Jahren überhaupt nicht in der Lage dazu gewesen ist, Dinge realistisch abzubilden. Weil du ein Kind warst, das die Fantasie mit der Realität vermischt hat, wie es Kinder eben so tun. „Und vielleicht", sagte ich mir: „ganz vielleicht hat sich das, was du da auf der Brücke damals beobachtet hast, in Wirklichkeit nicht so, sondern allenfalls so ähnlich ereignet".

Ich stand auf, lief in Richtung des Dielenfensters, aus dem ich damals hinausgeklettert war, und lugte mit verstohlenem Blick ein letztes Mal mit dem Fernglas durch die nächtliche Dunkelheit hindurch über das Garagendach und durch den Nussbaum, der inmitten der Buchshecke erwachsen war, hinweg in das gegenüberliegende Dielenfenster des Poltermannschen Hauses, durch das ein greller Lichtstrahl schien. Von unten hörte ich das Gekreische und Gezeter der Frau Luber, aber meine volle Aufmerksamkeit galt dem Geschehen im Poltermannschen Dielenzimmer.

Da thronte ein Mann vor einer Staffelei. Er saß leicht nach vorne gebückt auf einem kleinen Holzschemel, trug einen langen Mantel mit einer auffällig funkelnden Gürtelschnalle, einen schwarzen Hut, unter dem die schulterlangen gekräuselten Haare hervorsprossen und eine goldene Hornbrille, die majestätisch auf seiner Nase thronte und niemals des Hinunterfallens gefährdet war, weil der Mann ein außerordentlich ausgeprägtes Riechorgan besaß. Und er malte. Das Abbild, das ich auf seiner Leinwand erkannte, war kaum von besserer Qualität als die ersten Zeichenversuche eines Kindes im Grundschulalter. Aber der Mann, der es malte, schien daran Gefallen zu finden und wirbelte mit beiden Händen durch die Luft, pinselte unsanfte und krakelige Striche aufs Papier und übte sich in Gebärden, die man so oder so ähnlich jahrelang gesehen hatte, wenn man vom südlichen Teil unseres Dorfes in den nördlichen am einhundertundzehn Jahre alten Kastanienbaum vorbei über die steinerne Brücke hinweg spazierte – oder umgekehrt, was daran lag, dass der Fluss, der unser Dorf teilte, von Osten nach Westen floss.